ALBERT VON SCHIRNDING

NACH DEM ERWACHEN

AUFZEICHNUNGEN

Für Heinrich von Tiedemann
und Frau Juliane
zur Erinnerung an den
10. Oktober 2003
in Cismar
(Tölz grüßt Tölz!)

Langewiesche-Brandt

Nach dem Erwachen

Früher kam zuerst das Morgengebet. *Zu dir erwach ich, liebster Gott.* Wenn ich steckenblieb, mußte ich wieder von vorn anfangen, sonst fand ich nicht mehr hinein. Frühe Begegnung mit konkreter Poesie. Ein Lautgedicht in unverstandener Sprache, Form ohne Inhalt. Scharf hob dieses Reden sich ab von dem anderen, folgenden, der Verständigung mit den Erwachsenen dienenden. Mit Rhythmus und Reim kam ich allem zuvor.

Winckelmann, Goethe, Hölderlin begannen ihren Tag mit einem Blick in Homer oder Sophokles. Heute schenkt uns das Radio die Minute der Besinnung. Sie setzt den Druck auf den Knopf voraus, den besinnungslosen Handgriff. Ich stelle mir vor, daß große Vorräte von Besinnung im Sender gespeichert sind. Der Sprecher spricht ein paar Hunderte solcher Minuten auf Band. Wenn kurz vor sechs, von zwei Gongschlägen eingerahmt, seine Stimme ertönt, schläft er den Schlaf des Gerechten.

Regelmäßig vor dem Aufstehen ein Gedicht lesen. Der ganze Mörike, die ganze Droste kämen nach und nach in unserem ausgeruhten Kopf zusammen und sorgten allmorgendlich für heilige Nüchternheit. *Dort gehet schon der Tag herfür an meinem Kammerfenster.* Wer Meditieren gelernt hat oder autogenes Training, kann solche Reize entbehren. Er hat an sich selbst genug. Mein Fall ist das nicht. Man war doch schon die ganze Nacht in sich versunken, jetzt, bitte, Licht von draußen, das Morgenlicht des frühen neunzehnten Jahrhunderts.

Was war

In meiner Kindheit habe ich Kühe gehütet, ich bitte das festzuhalten; noch waren die elektrischen Weidezäune nicht erfunden. In meiner Kindheit hatten die Dichter Namen wie Carossa und Bergengruen, glaubte man an das Christkind und an den lieben Gott. In meiner Kindheit leuchtete es in den Wäldern rot von Fliegenpilzen, klapperten die Eimer in den Himbeerschlägen, flatterten auf den Feldern die Vogelscheuchen. In meiner Kindheit fielen Bomben aus heiterem Himmel, war nachts der Horizont feuerrot, rief der Kuckuck aus dem Radio, wenn feindliche Kampfverbände im Anflug waren. In meiner Kindheit verglühte der Sommer ohne einen einzigen Regentropfen, stampfte ich mit nackten Füßen das Sauerkraut in den Fässern für den Winter fest, wurden abends die Fenster verdunkelt und Decken über das Mistbeet gelegt, damit der volle Mond sich nicht darin spiegeln konnte. In meiner Kindheit lachten und weinten die Menschen, die jetzt Asche sind. In meiner Kindheit fuhr der Fürst, um Tiefflieger unbekümmert, im Extrazug in sein Sommerschloß, verkündete die Stimme aus Beromünster das Ende von tausend Jahren, wurde täglich der schmerzensreiche Rosenkranz gebetet und die Lauretanische Litanei.

Die Zeit anhalten

Ehe man sichs versah, war es Mittag. Nach dem Essen mußten wir im verdunkelten Zimmer ins Bett. Alkestis wurde von Herakles aus der Unterwelt zurückgeholt. Aber es war nicht mehr die selbe Alkestis, die zurückkehrte, und für die Zurückgekehrte war es nicht mehr die selbe Welt. Wenn Deta hereinkam, die Vorhänge zurückzog, wir aufstehen durften, gab es keinen Anknüpfungspunkt an den Vormittag mehr; ein anderer, längst nicht mehr so glücklicher Tag war angebrochen.

Eines Morgens war klar: Das durfte nicht noch einmal passieren. Ich nahm mir vor, die Zeit niemals wieder so achtlos verrinnen zu lassen. Alle paar Minuten erkundigte ich mich, wieviel Uhr es sei, wie lange es noch bis zum Mittagessen dauere. Hast du schon Hunger, fragte Deta. Ich konnte ihr nicht begreiflich machen, daß ich dabei war, den Vormittag auszudehnen wie den Expander, den mir mein Vater zur Kräftigung meiner Armmuskeln gekauft hatte. Ich zählte bis sechzig. Erst eine Minute war vergangen. Na also, sagte ich zu dem Kuckuck, der sich in der Schwarzwälder Uhr versteckte, es geht auch anders. Sicherheitshalber brachte ich auch noch den Perpendikel zum Stehen.

Der Kuckuck schwieg, aber vom Turm des Justizpalastes schlug es zwölf. Um diese Zeit kam mein Vater aus seinem Büro im Fürstlichen Schloß zum Essen heim. Der Blick aus dem Fenster: Da ging er in der Allee wie jeden Tag im Gespräch mit dem Dr. Schneider, sie sprachen, wie ich mitgekriegt hatte, über sehr langweilige Sachen, meistens über Steuern. Sicher sagte mein Vater gerade, daß der Staat der größte aller Räuber sei; denn so heftig wie eben jetzt nickte der Dr. Schneider immer, wenn er diesen Lieblingssatz meines Vaters zu hören bekam. Dann pflegte er zu sagen: Man muß ihm eben auf die Finger sehn! Ich aber hatte den ganzen Vormittag damit verbracht, der Zeit auf die Finger zu sehen, und war noch gar nicht zum Spielen gekommen.

Pas devant les enfants

Der namenlose Schrecken, wenn die Erwachsenen sich stritten. Ich war fünf, als ich zum ersten Mal eine Unstimmigkeit der Eltern wahrnahm. Pas devant les enfants, rief meine Mutter, aber mein Vater war zu aufgeregt, um noch Französisch zu verstehen. Es ging, wie ich später erfuhr, um eine mit Hypotheken belastete Erbschaft, auch hatte die plötzlich verstorbene Tante Askanie darauf vertraut, daß ihre als Universalerbin eingesetzte Cousine, meine Mutter, andere Verwandte nicht leer ausgehen lassen würde. Mein Vater meinte wohl, die sollten dann auch an den Schulden beteiligt werden. Eigentlich war er dafür, das Ganze auszuschlagen. Von Anlaß und Inhalt des Wortwechsels, der sich über Tage hinzog und mir in der Erinnerung wie ein einziges gleichzeitiges Aufeinander-Einreden in unnatürlicher Lautstärke in den Ohren klingt, wußte ich nichts. Ich bemerkte nur die furchtbare Veränderung im Mienenspiel und in den Stimmen der Eltern, das, wie mir schien, irreparable Zerbrechen des gewohnten Einklangs der beiden, des Einklangs der Welt.

Vor dem Einschlafen

Das gelbe Buch lag auf dem langgestreckten weißen Tisch, an dem wir Abend für Abend vor unserem Griesbrei saßen, den unterirdische Gänge aus Himbeersirup durchzogen. Wenn man es geschickt anstellte, war der Oberfläche nichts anzusehen; das Loch, durch das der Saft geflossen war, schloß sich wieder, über dem dunkelroten Adergeflecht spannte sich eine glatte helle Haut. War der trügerische Brei gegessen, wurde das Buch aufgeschlagen: Sang und Klang fürs Kinderherz, zubereitet von einem Mann namens Engelbert Humperdinck, der märchenhafte Name prangte in einem aus Mohn, Kornblumen, Margeriten und Ähren gewundenen, mit blaßlila Bändern verzierten Oval. Hoch über den rotbefrackten Jägern, die ihm entgeistert nachblickten, schoß der ihrem dreifachen Traum entsprungene weiße Hirsch durchs Gehölz. Das Wunder war flüchtig. Die Menschheit bestand aus kurpfälzischen Kürassieren, pfeifenschmauchenden Wirten, Müllergesellen, die Mehlsäcke auf Eselsrücken luden, vergebens rufenden Bäckern, gaffenden Bürgern im Sonntagsstaat unter schattenden Kastanien. Der Knabe vom Berge schmetterte aus ungebrochener Kehle sein Lied, Schützen kamen im Morgenstrahl gezogen, und einsame Wanderburschen blickten von bemoosten Steinen ins Tal zurück, lieb Heimatland ade! Wer nicht gewillt war, Treu und Redlichkeit zu üben bis ans kühle Grab, flog, die gestohlene kreischende Gans unterm Arm, auf der staubhellen Landstraße dahin, die rote Feder wippte am grünen Hut über dem Diebsgesicht. Aber auch der Bösewicht stand unter Gottes persönlichem Schutz. Alle Sternlein hatte der gezählt und alle Kinder, auf daß ihm auch nicht ein einziges fehle. Eine Mutter mit hochgestecktem Haar drückte ihr Herzenssöhnchen an die Brust, noch war goldene Zeit.

Aber sein tiefstes Geheimnis enthüllte das Buch, wenn es geschlossen war. Man sah es noch einmal oben links auf dem Einband abgebildet, Vorder- und Rückseite wie die Flächen eines Satteldaches gespreizt. Zwischen den Blättern drängten alle hervor, von denen drinnen die Lieder erzählten, ein heiterer Exodus, der sich nach unten zog und dann nach rechts abbog, der Kante entgegen – schon schickten die vorauseilenden Vögel sich an, sie zu überfliegen. Ein kläffender Spitz jagte ihnen nach, gefolgt von dem zwergwüchsigen Butzemann und einem Alten, dem Puppen beiderseits aus den Taschen hingen. Vor dem Buch aber knieten ein Junge und ein Mädchen: Die sahen das Buch auf dem Buch und sahen sich selbst auf dem Boden knien im Anblick des Einbands. Der war freilich schon so klein, daß nur noch Farbtüpfchen zu erkennen waren. Die Augen blieben auf der Strecke, wie schnell war die Grenze des Sichtbaren erreicht. Aber dem Denken war keine gezogen; es konnte Kinder und Buch ins Unendliche weiterverfolgen. Macht, daß ihr endlich ins Bett kommt, sagte Deta, Zeit zum Schlafen.

Der Schrecken vom Vortag

Der quälende Durst, den ich als Kind am Abend ins Bett nahm, war am Morgen gelöscht. Das war so sicher wie das Amen am Schluß des Nachtgebetes. Aber das Umgekehrte: Eine Feder klinkt ein beim Erwachen, der Schrecken vom Vortag meldet sich zurück. Das ist geblieben.

Schwesterherz

Fräulein Bärtlein erscheint mit triumphierender Miene in der hellbraun getäfelten Doppeltür des Eßzimmers. Wir sind vom niedrigen weißen Tisch des Kinderzimmers im ersten Stock an den dunklen, viel zu hohen hier unten evakuiert worden. Die Mutter will nicht, daß wir in der Nähe sind, wenn das Kind kommt, unbegreiflicherweise. Jetzt ist es da. Vom Justizpalast schlägt es zwölf. Ein acht Pfund schweres Mädchen habe das Licht der Welt erblickt, lautet die Frohbotschaft der Hebamme. Alles sei wunderbar glatt verlaufen. Kein Wunder, denke ich, wir wohnen ja seit ein paar Wochen im neuen Haus in der Kumpfmühlerstraße; da muß doch alles viel besser gehen als im alten düsteren, wo ich geboren bin, in der Albertstraße.

Einen Tag später die Taufe; auch sie zu Hause. Der Professor Engert von der Katholischen Hochschule am Ägidienplatz nimmt die Zeremonie vor. Das Buffet ist mit Torten aus der Hofkonditorei Schürnbrand bedeckt. Noch herrscht Überfluß, der Krieg ist gerade sechs Wochen alt. Das Bild der Prinzregententorte mit ihrer braunen, vollkommen glatten Oberfläche prägt sich am tiefsten ein, Archetyp des Phänomens Torte, der auf immer mit dem Namen Viktoria verbunden bleiben wird.

Prinz und Prinzessin Karl August sind von Schloß

Höfling hereingekommen; die Prinzessin ist die Taufpatin. Sie spricht mit ihrer Hofdame Portugiesisch. Ich verstehe nur wenig von dem, was die andern in meiner Sprache sagen, immerhin genug, um mitzukriegen, daß von unseren ersten Siegen in Polen die Rede ist und der glänzenden Zukunft für die katholische Kirche in Deutschland, die Pius XII., der neue Mann auf dem Papstthron, verheißt.

Namenspiel

Wir spielen das Namenspiel. Jedes von uns drei Geschwistern hat einen fremden Familiennamen angenommen, den wir im Munde führen, wenn wir uns mit Sie anreden. Viktoria hat den ihrer Tante gewählt. Guten Tag, Fräulen von Pfetten, sagen wir, wie geht es Ihnen, Fräulein von Pfetten? Viktorias Mund verzieht sich. Sie möchte das *von* abschütteln, erklärt mit bebender Stimme, nur Pfetten heißen zu wollen. Ach so, sagen wir, das hätten wir wissen müssen, entschuldigen Sie bitte, Fräulein nur Pfetten. Nein, sagt sie, und der Ärger geht in weinerliche Wut über, nur Pfetten! Aber das sagen wir doch, Sie sind das Fräulein nur Pfetten. Viktorias Gesicht ist blutrot angelaufen, ihr Fuß stampft den Takt zu ihrem gebrüllten Nur-Pfetten, Nur-Pfetten, sie kann sich aus der Sprachschlinge nicht befreien, verstrickt sich in sie bis zum Ersticken. Ihr ist nicht zu helfen, uns ist nicht zu helfen. Deta, deren erklärter Liebling sie doch ist, macht gemeinsame Sache mit uns, ihren Peinigern; der einzige Mensch, dem sie blind vertraute, hat sie verraten.

Wienatur

Wienatur hieß die Puppe, die Viktoria zu Weihnachten bekam. Weil ihre Oberfläche, wenn man sie berührte, elastisch nachgab, fühlte sie sich an wie echte Haut. Niemand dachte mehr beim Gebrauch des Namens an seinen Ursprung. Mit den Jahren wurden Viktoria und Wienatur einander immer ähnlicher, ein in sich ruhendes, tief mit sich und der Welt einverstandenes, autarkes Doppelwesen. Wie sie sich gegenseitig abhanden kamen, weiß niemand. Es geschah unauffällig, an eine Trauerphase der Mutter kann ich mich nicht erinnern. Sie hatte dann noch zwei weitere Töchter, die ihr freilich weniger glichen als die Puppe der Dreijährigen auf dem Photo. Viktoria starb weit fort in Amerika, unauffällig und einverstanden mit dem Lauf der Natur.

Fräulein Pfeffel

Kaum war es aufgegangen, das Tor zum Leben, schon fiel es wieder zu. Wenige Tage nach Unterrichtsbeginn wurden wir ausquartiert, die Augustenschule sollte im dritten Kriegsjahr dringenderen Zwecken dienen als meiner Initiation. Das Bedauern meiner Mutter, die so nah gelegene Bildungsstätte – man schlüpfte durch ein Pförtchen in den Dörnbergpark, um ihn nach hundert Schritten durch das der Schule schräg gegenüberliegende Südtor zu verlassen – gegen eine viel weiter entfernte vertauscht zu sehen, verlieh dem mit Giebel und turmartigem Aufbau geschmückten Gebäude den Glanz einer verlorenen Heimat, während die langgestreckte, kasernenartige Kreuzschule den Schatten des Exils nie mehr ganz loswerden würde. Gegen die Übermacht des Alten hatte das Neue nichts auszurichten. Wie geheimnislos war das Innere der nur zehn Jahre alten Herz-Jesu-Kirche, wo die Schulgottesdienste absolviert werden mußten, für ein vom Farbenrausch barocker Fresken trunkenes, vom Dunkel romanischer Krypten umdämmertes Pfarrkind von Sankt Emmeram eine schmerzliche Entziehungskur. Um zur Schule zu gelangen, mußte ich den lebensgefährlichen Platz vor dem Jakobstor überqueren, an der Hand meiner Mutter, die es der Nazigröße, deren Namen der Platz neuerdings trug, nicht verzeihen konnte, daß Tante Gerda unlängst um ein Haar auf ihm überfahren worden wäre. Wir gingen durch die Wittelsbacherstraße an dem Haus vorüber, in dem der älteste Freund meines Vaters wohnte, der meist in Reithosen und immer mit dem Parteiabzeichen auftrat. Seine Frau war die Tochter eines bekannten Wiener Opernsängers und hatte eine Schwester, die mit dem Tenor Julius Patzak verheiratet war, eine schwierige Ehe, was von ihrer eigenen nicht behauptet werden konnte – Gottseidank; denn sie war für das Unkomplizierte und versäumte keine Operettenpremiere mit Fritz Walenta im Stadttheater. Unsere Lehrerin Fräulein Pfeffel, die mit uns von der Augustenschule in die Kreuzschule umgezogen war, mochte die Nazis überhaupt nicht, worüber die beiden Frauen sich am Teetisch meiner Mutter mit gesenkter Stimme verständigten. Daß ich, was das Gehörte betraf, keinen Schnaufer tun dürfe, hätte meine Mutter, als wir wieder allein waren, mir nicht einzuschärfen brauchen. Schließlich lag das Gefängnis, zwischen dem von Schmutz starrenden Justizpalast und der Schule, die keine mehr sein durfte, in Reichweite.

Abgestürzter Engel

Vor mir lag der abgestürzte Engel, zu Füßen des Bettes standen zwei Soldaten und blickten starr geradeaus. Die Flügel des Engels hatten sich um den Kopf geschlagen, den sie fast ganz verhüllten. Hanna Reitsch war bei einem ihrer tollkühnen Probeflüge im Gelände der Messerschmittwerke verunglückt, ihre Freundin, die Generalsgattin Frau von Kochenhausen, hatte uns, obgleich ihrerseits seit eh und je im Rollstuhl, ins Lazarett geleitet. Des Führers Blumen schmückten den Tisch neben dem Bett. So jungfräulich lag sie da, eine zu Boden gestreckte, aber unbesiegte Jeanne d'Arc, eine eben erwachte Brünnhilde, noch war sie wie betäubt, blickte aus sanften Augen, sprach mit traumverlorener Stimme. Bald würde sie wieder nach ihrer Rüstung greifen und sich in die Lüfte über Regensburg erheben, und ich würde, wie die beiden Soldaten, die salutierten, als wir das Zimmer verließen, wieder einmal das Nachsehen haben.

Buxtehude

Die Familie von Saalfeld lebte einigermaßen kümmerlich vom Orgelspiel des erschreckend großen, erschreckend mageren Mannes. Nicht lange, bevor seine Frau Witwe wurde und mit ihren Kindern Regensburg verließ – was hatte sie auch nach dem Verstummen der Präludien, Toccaten und Fugen in der endgültig vom Silberglanz katholischer Knabenstimmen eroberten Stadt noch verloren –, nahm meine Mutter mich zu einem Konzert in der evangelischen Dreieinigkeitskirche mit, wo Grabplatten an fern der Heimat verstorbene Gesandte des Immerwährenden Reichstags erinnerten. Der Name Buxtehude fiel und belustigte mich. Dann füllte Orgelbrausen den befremdlich bilderlosen Raum. Der Organist blieb unsichtbar, sein Instrument ebenfalls; vergeblich suchte ich die Richtung zu bestimmen, aus der sich der tönende Strom ergoß. Ich schaute mich um; sogleich rückte mir die Hand des hinter mir Sitzenden den Kopf zurecht, und ich wagte es nicht, mich noch einmal zu bewegen. An diesem Ort hatten die Augen nichts zu suchen; ich fügte mich dem Walten eines unerbittlichen Ohrengottes.

Alumneum

Gernot war der Sohn des Direktors eines Internats für protestantische Jungen, des Alumneums, das mit der Trotzgebärde seiner falschen Renaissance gegen die über die ganze Stadt verstreuten Knabenseminare aufzutrumpfen versuchte – natürlich vergebens, aber doch den konfessionellen Einklang des Straßenbildes *Am Ölberg* störend. Im Kreuzgang des ehemaligen Dominikanerklosters waren wir unter uns. Die zugehörige Kirche, deren für einen Bettelorden erstaunlich vornehmer Baukörper sich zwischen unsere von einem original gotischen Rippengewölbe beschützte Bleibe und den neureichen Emporkömmling schob, ersparte uns die Berührung mit der Gegenwelt. Über die Reinhaltung der Lehre hatten vorzeiten die Mönche in ihren weißen Kutten gewacht, auch jetzt noch verbürgte der in greifbarer Nähe gelegene Lehrstuhl des Albertus Magnus den Sieg des wahren Credos über die Ketzer. Zudem sorgte der Stadtpfarrer Kraus für unumstößliche Glaubensgewißheit und eiserne Willensbildung. Unangefochten in jeder Hinsicht saßen wir im Kreis, vom Geist alleinseligmachenden Zusammenseins durchströmt. Mochten die da drüben, befangen in ihren zum Himmel schreienden Irrtümern, wehrlos einem gärenden Triebleben ausgeliefert, doch sehen, wie sie mit dem Heil ihrer Seele zurechtkamen.

Weil Gernot mit mir zusammen in die Schule gekommen war, wurde ich ins Alumneum zum Spielen mit ihm und seinem jüngeren Bruder Volker eingeladen. Noch lag die marianische Jugendgruppenzeit in ferner Zukunft. So trat ich ohne Scheu über die drei von Luther und Melanchthon flankierten Stufen in das Gebäude mit seinem mächtigen Treppenhaus und seinen weitläufigen Gängen, deren einer an der Tür zur Wohnung des Direktors endete, hingebracht von meiner Mutter, die versprach, mich pünktlich abzuholen. Es gab Kaba und Kuchen, höflich erteilte ich der uns bewirtenden Oma Auskunft über unsere Familienverhältnisse. Unsere Lustbarkeit nahm einen gesitteten, von der alten Frau mit wohlwollendem Mienenspiel begleiteten Anfang. Befriedigt vermerkte sie den zivilisierenden Einfluß des Gastes auf die Wildheit der Enkel. Wie von selbst ging unser Treiben in gelockertere und lärmendere Formen über, bis uns ein Strudel uneindämmbarer Ausgelassenheit ergriff; wir wälzten uns auf dem Teppich, Autos und Eisenbahnwaggons flogen gegen Stuhlbeine und Schranktüren, das Treppenhaus gab unser Kampfgeschrei in gellender Vervielfachung zurück. Das riesige Haus schien ausgestorben zu sein, vielleicht waren Ferien, Weihnachten war noch nicht lange vorbei. Die Großmutter war allein mit uns, großmutterseelenallein war sie unserer entfesselten Roheit preisgegeben. Was nur in aller Welt in mich gefahren sei, rief sie, wie könne ich mich so aufführen, ein Eingeladener. Ich lachte ihr frech ins Runzelgesicht. Haarklein werde sie meiner Mutter alles erzählen. Ich war ein Fratz, ein

Bosnigl, ein ungezogener Lümmel. Aber meine Mutter werde mir schon noch Manieren beibringen. Höhnisch wiederholte ich das Wort Manieren, schrie es ins Treppenhaus, daß es hallte. Sie gab auf, ließ uns schimpfend gewähren. Die Orgie klang auch ohne ihr Zutun ab, wir lagerten uns mit erhitzten Gesichtern auf dem Boden, bauten an einer Burg. Wo blieb meine Mutter? Es war früh dunkel geworden, ich wagte nicht, meine Widersacherin nach der Uhrzeit zu fragen. Die Angst stieg nach oben, ein schwarzes Brustwasser, das mir den Atem nahm. Ich zog einen Stuhl vor das kirchenartig gewölbte Fenster und starrte sprachlos in die Finsternis. Meine Mutter war auf dem Weg zu mir überfahren worden, ich hörte die Bremsen des Unglücksautos quietschen, zu spät. Als es nichts mehr zu hoffen gab, kam sie. Er hat schon auf Sie gewartet, sagte die Großmutter. Ach, sagte meine Mutter, dabei bin ich extra eine halbe Stunde früher gekommen; ist er denn brav gewesen? Tadellos brav, sagte die Großmutter, wirklich tadellos. An der Hand der noch einmal Davongekommenen ging ich heim, ein wider alle Vernunft gerechtfertigter Sünder.

Ein warnendes Exempel

In böhmischen Schlössern galt Lesen und Schreiben als eine Angelegenheit von Domestiken. Der Graf T. bildete eine Ausnahme und engagierte für seine beiden Söhne, dreizehn- und elfjährig, einen Hauslehrer. Ich stellte mir die Knaben vor wie die zwei Prinzen im Tower von London; sie waren in einem meiner Bücher auf dem Bild von John Everett Millais zu sehen: blondlockig, in schwarzen Samt gekleidet, von dem sich die Blässe der Gesichter leuchtend abhob. Der Hauslehrer, ein sanfter Mensch, hatte seine liebe Mühe mit den Zöglingen, die es, so zart sie waren, faustdick hinter den Ohren hatten. Als ihm der ältere wieder einmal eine freche, ohne weiteres durchschaubare Lüge auftischte, bat ihn der Lehrer, ihm in die Augen zu sehen, was dieser auch anstandslos, ohne mit der Wimper zu zucken, tat. Warum mußt du mich immer anlügen, Leopold, sagte er traurig, faßte ihn zur Bekräftigung mit beiden Händen unterm Kinn und zog den Kopf mit einer ganz leichten Bewegung nach oben. Im selben Augenblick sank das wie von Kalk übergossene Gesicht des Knaben nach vorn, und der Körper schlug zu Boden. Vom Schrei des jüngeren Bruders alarmiert, stürzte die Gräfin aus dem Nebenzimmer herein. Er ist ohnmächtig geworden, sagte der Hauslehrer tonlos, und dabei habe ich es doch nur so gemacht. Er demonstrierte am Jüngeren die Harmlosigkeit seiner Handlung, indem er ihn mit beiden Händen unters Kinn faßte und den Kopf mit einer ganz leichten Bewegung nach oben zog. So kam auch der zweite Sohn ums Leben.

Meine Mutter hatte viele solcher Geschichten mit warnenden Exempeln auf Lager.

Teegäste

Die Baronin A. war eine Plage. Sie mußte vom Dörnbergpalais nur die Kumpfmühlerstraße überqueren, um zu uns zu gelangen: in den Salon meiner Mutter. Nur augenblicksweise brach sich der Strom ihrer Rede an einem Buchstaben des russischen Brots, der obligaten Zugabe zum Tee aus der Silberkanne. Als wir im Sommer in Garmisch waren, kreuzte sie auch dort auf und stahl uns die ohnehin zu rasch verrinnende Ferienzeit. Schlimmer noch: Das Gefühl, weitab vom Schuß zu sein, unbehelligt zu bleiben von den fürstlichen Hofdamen, den Landedelfrauen aus der Umgebung Regensburgs und den in der grauen Stadt in grauen Jahren nichts mit sich anzufangen wissenden Generalswitwen und Stiftungsadministratorengattinnen, war nachhaltig erschüttert. Man hatte uns aufgespürt. Die Erziehung meiner Mutter war nicht dazu angetan, selbst den unwillkommensten ihrer Teegäste abzuschrecken. Höflichkeit und Lüge wuchsen, das lernte ich früh, auf einem edlen Holz.

Autoritätspersonen

Wie unnötig, sich im Dunkeln zu ängstigen, sich Gedanken zu machen über Blitze, die einschlagen, Bomben, die einer der feindlichen Flieger verlieren, Meteore, die den Planeten an seiner empfindlichsten Stelle – dem Ichpunkt – treffen könnten. Auf jede quälende Frage gab es eine beruhigende Antwort, und sie war immer schon vor der Frage da. Sie kam aus dem Mund der Autoritätspersonen, die sie auch schweigend, kraft ihres bloßen Vorhandenseins, zu erteilen vermochten. Die Erwachsenen schienen ausschließlich damit beschäftigt, den Neuankömmling abzuschirmen gegen das Entsetzliche, das mit tausend Gesichtern in sein erwachendes Bewußtsein drängte. Noch der unüberbietbaren Katastrophe – dem der Vorstellung sich entziehenden, aber denkmöglichen Tod der Angehörigen – wurde der Schrecken genommen: Sie würden, versicherte man im Ton einer Überzeugung, die keinen Widerspruch duldete, ja gar nicht wirklich gestorben sein, sondern hätten lediglich ihren Aufenthaltsort mit einem besseren vertauscht, von wo sie weiterhin, wenn auch leider unsichtbar, dich an die Hand nähmen. Mochten unter solchen Umständen die Russen nur kommen, mochten sie und ihre Verbündeten unser Land dem Erdboden gleichmachen – die Welt war in Ordnung, so oder so, weil Gott sie geschaffen und es dabei vornehmlich auf dich abgesehen hatte. Fürchte dich nicht, lautete der kategorische Imperativ dieser überaus praktischen familiären Vernunft, deren Gültigkeit die Erwachsenen garantierten. Sie mußten es schließlich besser wissen als ich Kleingläubiger. Auf die Eltern, die Lehrer und Priester durfte ich mich verlassen, sie waren auf geheimnisvolle Weise unverwundbar, ihre Miene war voller Zuversicht, sooft sie mir das Gesicht zukehrten. Allerdings war nicht auszuschließen, daß diese Wohlgemutheit, wenn sie sich abwandten, schlagartig von ihnen abfiel, Ratlosigkeit ihre Stirn furchte, Angst ihren Mund verzerrte, Tränen ihren Augen entstürzten, ihr Schrei, unhörbar für mich, das Haus, die Stadt, den Erdkreis, das All erfüllte, herzzerreißend und steinerweichend; aber Gott war nicht einmal ein Stein, wie hätte er da ein Herz haben können, und der Schrei, der lautlose, verhallte ohne Antwort.

Mein Faust

Längst ehe ich lesen und schreiben konnte, war ich schon Autor. Ich hatte es zum Greifen vor mir, mein Buch, in hellgraues, grobporiges Leinen gebunden, auf dem Einbanddeckel eine nach hinten sich verjüngende wie mit schwarzer Tusche gezeichnete Spirale und drüber der Titel: *Tiefe Sinne*. Es würde mein Hauptwerk sein, mein Faust, mein Zarathustra, mein Winnetou, die Summe meines Daseins und Denkens. Zwar würden die von mir geschriebenen Bücher ein ganzes Regal füllen. Aber die Reihe würde dem Gebirgszug gleichen, der im Garten über der Hecke zu sehen war. Was wäre er ohne die Zugspitze gewesen? Alles andere war nichts als Verheißung oder Nachspiel. Gleich nach dem Gipfel der Einschnitt, die steil abfallende Linie. Das jähe Sinken der Kraft nach dem Erreichen des höchsten Punktes. Vielleicht noch Fußnoten und Fußnoten zu den Fußnoten. Aber nie wieder diese Besessenheit, dieses geballte Schweigen, Sammeln, Warten, die explosive Entäußerung. Mein später Ruhm würde allein auf diesem einen Werk beruhen – zu Unrecht. Denn ich hatte mich ja seiner entledigt, war um seine Weisheit ärmer geworden, ein ausgepreßter Schwamm, ein Niemand.

Augenöffnung

Mein Lesenkönnen war nicht das Resultat eines langwierigen evolutionären Prozesses, es verdankte sich der Verwandlungskraft eines einzigen Augenblicks. Die Buchstaben schossen zu Wörtern, die Wörter zu Sätzen zusammen, ihr Sinn sprang mir ins Gesicht, die Nacht des Blindgeborenen fiel von mir ab. Die farbigen Bilder meines Märchenbuches verblaßten vor dem Glanz der aus ihrer schwärzlichen Gleichgültigkeit mit einem Mal hervorgetretenen Schrift. Wie Radfahren, Schwimmen, Fußballspielen hatte ich Lesen als etwas Unerreichbares empfunden, eine jedermann in die Wiege gelegte, nur mir beharrlich vorenthaltene Gabe. Andere würden sich mit Buch und Taschenlampe unter die Bettdecke verkriechen, um das Verbotene zu tun, ich würde von der unberechenbaren Gunst meiner vorlesenden Betreuer abhängig bleiben. Aber nein, das Glück war mir gegen alle Erwartung hold, schlagartig verfügte ich, fast ohne mein Zutun, über eine Fähigkeit, die die meisten meiner Altersgenossen, gebannt in die dumpfe Höhle der Kindheit, noch nicht einmal vermißten. Nachdem ich von der mir zugefallenen Auszeichnung einer ungläubigen Welt Meldung erstattet hatte, gab man mir Johanna Spyris *Heidi* zu lesen. Zur Lieblingsfigur avancierte der Diener Sebastian im Frankfurter Haus der Sesemanns, die einzige

Person unter den Wohlwollenden, auf deren dauerhafte Anwesenheit Verlaß war. Als ich leichtsinnig genug war, ihn meiner Mutter gegenüber zu erwähnen, klärte sie mich darüber auf, daß sein Name in meinem unsichtbaren Lese-Ohr stets falsch erklungen war, mit der Betonung auf dem i. Die Kluft zwischen Sebastían und Sebástian würde ich nie überbrücken können. So hat mich auch dieser erste Freund bitter enttäuscht.

Höhlenkinderkunde

Draußen der Krieg. Der Heimliche Grund bot Geborgenheit. Er lag im unerreichbaren Tirol, aber sein wahrer, jederzeit erreichbarer Ort waren die drei Bücher, die das Leben von Peter, dem Findling, und Eva, der Enkelin einer mythen- und kräuterkundigen Frau, erzählten. Als die «Ahnl» der Hexerei verdächtigt wird, flieht sie mit den Kindern in den vom abergläubischen Volk gemiedenen Bergkessel. Die Alte stirbt; für die Verwaisten gibt es kein Zurück. Ein Unwetter hat den einzigen Zugang durch die Klamm verschüttet.

A. Th. Sonnleitners Höhlenkinder-Trilogie zeichnet am Beispiel der «Zweisiedler» die Kulturgeschichte der Menschheit nach. Vom steinernen Faustkeil zur eisernen Axt, vom geduckten Hausen in der Höhle über den luftigen Pfahlbau ins lichte Steinhaus. Feuer, Wasser und Wind wandeln sich nach und nach zu willigen Dienern, Tiere werden aus Feinden zu Helfern. Und die Bären, die gefährlichsten Rivalen im Kampf ums Dasein, sind am Ende alle erlegt oder verjagt.

Mir Neunjährigem behagte die Regression ins Weltabgeschiedene, Ursprüngliche. Aber nicht weniger erfüllte mich der Aufstieg aus dem Dunkel ins Helle, die Folge der technischen Errungenschaften mit Genugtuung. Das um 1920 entstandene Werk ist erfüllt von Fortschrittsgläubigkeit. Rousseau schrieb über, aber nicht für Kinder. Die suchen in der Geschichte und in den Geschichten das Vorwärts und Aufwärts.

Nichts Sachliches ist dem Autor fremd. Das Buch ersetzt ein kulturgeschichtliches Lexikon, wobei der Wissensstoff eingeschmolzen ist in Momente spannender Erzählung. Sie läuft keineswegs schön geradeaus. Das Erreichte bleibt stets bedroht, die Flamme der Ehrfurcht vor der Natur erstickt nicht unter dem Zwang, sie zu beherrschen. Der Jäger trinkt das Blut des besiegten Bären, Täter und Opfer werden eins. Die Höhlenkinder sind gebrochene Helden. Zeiten der Erfindungsfülle und Tatenlust wechseln mit Phasen der Schwäche und Niedergeschlagenheit.

Der Autor spielt virtuos auf dem Instrument der Zeit. Wie er sie zu dehnen und zu raffen versteht – immerhin erstreckt sich die Handlung über mehrere Jahrzehnte –, vermittelte schon dem kindlichen Leser ein Gefühl vom Atem großer Epik. Und wie zog mich erst der persönliche Entwicklungsroman von Peter und Eva in seinen Bann. Ihr Zusammenleben unterliegt gewaltigen Schwankungen zwischen den Polen von Anziehung und Abstoßung. Mir machte der kantige Charakter des Mannes zu schaffen, dessen überströmende Liebe und Fürsorge so jäh umschlagen konnten in Herrschsucht und Roheit. Erst im Sohn Hans, dem Bürgen einer besseren Zukunft, also in mir, lösten sich die Widersprüche der Eltern.

Hinschauen

Das nahe Hinschauen war meinem Vater ein Dorn im Auge, den nicht er, sondern ich zu spüren bekam. Der mehrmals am Tag auf frischer Tat Ertappte wurde immer im selben Tonfall, mit den selben Worten zurechtgewiesen: Schau nicht so nahe hin, du verdirbst dir die Augen. Ach, sie waren schon verdorben; eben deshalb steckte ich die Nase so tief in die Bücher, deren Seiten nur schwach beleuchtet waren; auch grelles Licht schadete angeblich dem Sehnerv. Mein Vater war ein sparsamer Mensch, der Fünfundzwanzig-Watt-Birnen allen anderen vorzog und nie ein Zimmer betrat, ohne eine überzählige Lampe auszuknipsen. Unter solchen Bedingungen brachte ich meine Werke zu Papier: auf die noch immer in Stößen vorrätigen Feldpostbögen. Die Ränder glänzten vom Klebstoff, ich atmete ihren Marzipangeruch ein, schon war ich im Begriff, mit der von Wörtern glühenden Stirn die weiße kühle Fläche zu berühren. Doch jedesmal unterbrach der Vater den Liebesakt. So ging ich, vielleicht zum Sehen geboren, aber zum Schauen unbestellt, hinaus in eine Welt der unscharfen Bilder, lernte die Dämmerung lieben, das Verschwimmen der Grenze zwischen den Dingen.

Jakobs Mutter

In dem Häuschen, das in einem Winkel des Schloßparks lag, der aber, weil er zum Spielen da war, niemals Park, sondern immer nur Garten hieß, lebte der Waldaufseher Jakob mit seiner Frau Notburga und den Kindern Burgi und Konrad. Jakob stammte aus Altötting und hatte noch mindestens zehn Geschwister. Die männlichen Individuen pflegten, wenn sie nicht schon in jüngeren Jahren umgekommen waren, bald nach ihrem fünfzigsten Geburtstag zu sterben; das genetische Programm duldete keine Ausnahme. Auch Jakob würde dreiundfünfzigjährig bei der feierabendlichen Brotzeit mit Bier und Wurst den Kopf für immer sinken lassen. Einer seiner Brüder hatte studiert, um Priester zu werden. Auch er wäre höchstwahrscheinlich im gleichen Alter wie seine männlichen Geschwister, sein Vater, seine Vater- und Mutterbrüder und beiden Großväter zur Großen Armee abmarschiert, hätte ihm nicht längst vorher der Tod in Stalingrad dieses kommune Schicksal erspart.

Jakobs Mutter war schwermütig. Deta und meine Mutter gaben die gleiche Auskunft, wenn wir uns über den Pfeifton wunderten, der, sooft die alte Frau zu Besuch war, unweigerlich aus dem Häuschen drang. Sie ist schwermütig, hieß es, und deshalb weint sie. Wir weinten ganz anders, stoßweise. Dieser immer auf derselben

Höhe sich haltende, langgezogene, nie wahrnehmbar unterbrochene Klageton schien eher aus einer Vogel- als aus einer Menschenkehle zu kommen. Er verstärkte sich ein wenig, nachdem die Nachricht aus Rußland eingetroffen war. Aber schon bald fand er zu seiner gewohnten Lautstärke zurück.

Wenn Jakobs Mutter am Sonntag in die Messe ging, die der Benefiziat in der Schloßkapelle las, konnten wir sie von unserer Empore aus zur Kommunionbank gehen sehen, mühseligen Ganges mit ausladenden Hüften, stumm: Außerhalb des Häuschens gab ihre Schwermut keinen Ton von sich; wenn wir ihr gelegentlich auf ihrem Weg zur Kapelle begegneten, grüßte sie uns so freundlich wie alle anderen Leute. Und einmal konnte ich sogar ein stehendes Lächeln auf ihrem Gesicht erkennen, in dem sich magdliche Demut und mütterlicher Stolz sonderbar mischten. Das war, als Pater Josef wenige Wochen, ehe er fiel, Urlaub hatte und der Benefiziat ihm in Gottes Namen den Altar für eine Messe abgetreten hatte, einen Dankgottesdienst für die bisherige glückliche Errettung aus großen Gefahren.

London, Berlin

Es wird ihnen doch nichts passiert sein, sagten die Berliner, als die englischen Bomber einmal auf sich warten ließen. Am Mittagstisch, beim Abendessen wurde über die Kaltblütigkeit, Standfestigkeit, Todesverachtung unserer Hauptstadtbewohner Fabelhaftes berichtet. Aber auch im Feindesland lebten nicht nur Feiglinge. Die Raketen mit der Atlantik-Reichweite trafen auf Ladies und Gentlemen, die sich keinen Augenblick ins deutsche Bockshorn jagen ließen. Sie behielten ihren Kopf oben, den nur ein Regenschirm beschützte, die Detonationen brachten sie nicht aus dem Tritt, sie gingen ein in den Rhythmus des täglichen Lebens. Verletzte und Tote wurden ordnungsgemäß versorgt. Es war alles eine Sache der Disziplin, mit ihr konnte man noch dem Weltuntergang trotzen. Oh ihr Berliner, oh ihr Londoner, an euch hielt ich mich fest, wenn ich im Kartoffelkeller zähneklappernd mein Gegrüßet-seist-du-Maria-voll-der-Gnaden zum Nachthimmel schickte, der vom gleichmäßigen Dröhnen trächtiger Kampfverbände erzitterte. Nicht alle waren gerührt über das Kind, das die Gottesmutter unter den Weibern gebenedeit sein ließ, es gab Leute, die den Kopf schüttelten, die mich aufforderten, wenn es schon sein müsse, doch leiser zu beten. Aber ich hatte es nicht in der Hand, es mußte heraus, Wort für Wort mitsamt der Frucht deines Leibes und genau in der Lautstärke, die einer so dringlichen Bitte um Erhörung anstand. Ein anderer bediente sich meiner Stimme, ich selbst hatte mich längst in die fernen Städte gerettet, nach London, nach Berlin, die in der Flammenglut der Bombennächte zu einer einzigen Stadt verschmolzen, zur Stadt der Unverwundbaren.

Himmlers Leibarzt

Die Notiz, der Führer habe dem Generalleutnant der Waffen-SS Professor Karl Gebhardt für hervorragende Verdienste um die wehrmedizinische Forschung das Ritterkreuz mit Schwertern verliehen, schnitt meine Mutter aus den *Münchner Neuesten Nachrichten* aus. Ob sie ihm gratulierte, lasse ich offen, ich glaube es nicht. Soviel aber ist sicher: Der Schüler der Geheimräte Sauerbruch und Lexer war in ihrer Ausbildung zur Krankengymnastin ihr charismatischer Lehrer gewesen. Ein begnadeter Arzt und als Mensch edel, hilfreich und gut. Nur leider sehr ehrgeizig. Das hat ihn in die Fänge der Machthaber getrieben, sagte meine Mutter bedauernd. Daß Himmler sein Jugendfreund war, dafür konnte er ja nichts. Aber der liebe Gott, an den er in jungen Jahren inbrünstig geglaubt hatte, führte ihn in Versuchung, und er hat nicht widerstanden. So wurde er Chefarzt der Heilanstalt Hohenlychen und benutzte weibliche Häftlinge des benachbarten Konzentrationslagers Ravensbrück zur Erprobung der Sulfonamidwirkung. Die artifizielle Erregung von Gasbrand war natürlich ein Verbrechen, aber ein mit reinem Gewissen begangenes. Mein armer Gebhardt, wie meine Mutter ihn später zu nennen pflegte, war eben davon überzeugt, es gebe Situationen, in denen das Einzelwesen verpflichtet ist, innere Bedenken zurückzustellen, weil das Interesse einer Gemeinschaft es erfordert. Was für eine tragische Verstrickung! Er hat seine Schuld mit dem Tod durch den Strang gebüßt, und ich kann nur hoffen, sagte meine Mutter, daß er in der langen Zeit seiner Haft zu seinem Kinderglauben zurückgefunden hat.

Beim Lacherdinger

Auch im fünften Kriegssommer war es noch möglich, Tagesausflüge zu machen, wenigstens für Landbewohner. Wir waren mit dem Postbus nach Tölz gefahren, hatten dort außer Holzsandalen ein Kinderbett für meine jüngste Schwester erstanden; es war ein Gelegenheitskauf, der uns alle, namentlich Deta, in einen Zustand schäumender Heiterkeit versetzte. Nun konnte der Krieg ruhig verloren gehen. Wie wir den sperrigen Gegenstand befördert haben, weiß ich nicht mehr. In Ascholding, einem Dorf auf der Strecke nach München, stiegen wir aus und kehrten zur Feier des Tages in den an der Haltestelle gelegenen Gasthof ein. Beim Lacherdinger gab es zur sacharinsüßen Limonade Milzwurst mit Bratkartoffeln. Peter Rommel, ein Schulkamerad meiner Mutter, saß in der fast leeren Gaststube unter dem Volksempfänger, der dem Kreuz im sogenannten Herrgottswinkel gegenüber plaziert war. Vaterländische Märsche ertönten, ich schlug mit dem rechten Fuß den Takt. Neben dem Kreuz standen die Photographien der gefallenen Söhne. Das unvermutete Wiedersehen fügte sich nahtlos in die Reihe der Gunsterweise dieses Julitages, die beiden schwelgten in Erinnerungen an die Jahre bei Fräulein Ebermayer in der Schwabinger Schraudolphstraße. Wie Peter das Ende von Vickis Zopf in sein Tintenfaß tauchte und dafür von ihr ins Bein gezwickt wurde, was einen vom Familienoberhaupt zu unterschreibenden Selbstbezichtigungseintrag der Delinquentin in das zum pädagogischen Instrumentarium gehörende «Bücherl» zur Folge hatte. Da Peters Vater der in allen besseren Münchner Familien als Kinderarzt akkreditierte Hofrat Rommel war, wurde der Konflikt augenzwinkernd beigelegt. Was für eine lustige Kindheit meine Mutter doch hatte, was gibt es da nicht alles zu erzählen, nur weiter, weiter. Der Münchner Sender unterbrach sein Programm, eine triumphierende Stimme verkündete, der Führer sei dem Mordanschlag eines Klüngels verbrecherischer Elemente entgangen. In wenigen Stunden werde der auf wunderbare Weise Gerettete, von der Vorsehung zur Vollendung seines schicksalhaften Auftrags Bestimmte selbst zu seinem Volke sprechen. Ein Glückstag ersten Ranges, dieser zwanzigste Juli 1944.

Geburtstag

An meinem zehnten Geburtstag war die Welt in Ordnung. Nie zuvor und nie danach. Aber an jenem neunten April war ich mit mir im Reinen. Die lange Zeit der Unmündigkeit lag hinter mir, und von der Pubertät, der alles zerstörenden, wußte ich nur vom Hörensagen. Ein Wichtigtuer hatte behauptet, daß ich in ein paar Jahren eine tiefere Stimme bekommen würde. Das schien so unglaubhaft wie die Beteuerungen im Radio, der Endsieg stehe unmittelbar bevor. Ich hatte darauf bestanden, mir meinen Geburtstagskuchen selbst backen zu dürfen. Es handelte sich um den Apfelkuchen, den ich mit derselben Geschwindigkeit, in der ich jeden Morgen bei der Messe meinen lateinischen Ministrantenpart herunterrasselte, zuzubereiten wußte, eine Sache von wenigen Minuten. Graues Mehl und rötlicher Zucker waren in knapp ausreichenden Mengen vorhanden, die Butter stammte von der einen Kuh, die das Gras in unserem Garten ernährte, und mehrmals in der Woche fuhr meine Mutter mit dem Rad, an dessen Lenkstange ein Körbchen baumelte, zu den benachbarten Bauern, um Eier zu hamstern. Noch immer lagerten genügend Boskop-Äpfel im Keller. Die Unfehlbarkeit des Gelingens war dem Kuchen eingeboren, meinem Leben nicht minder. Es machte nichts, daß mein Vater in dem eilig mit Bleistift geschriebenen Brief, den Herr Seiler, der einäugige Postbote, um die Mittagszeit brachte, meinen Geburtstag nicht erwähnte. Er war in der bombenbedrohten Stadt zurückgeblieben und mußte, wie er meiner Mutter berichtete, die Übersiedlung des Fürsten auf die *Aschenbrenner Marter*, eine Jagdhüttenkolonie in dem nordöstlich von Regensburg gelegenen *Thiergarten*, vorbereiten. Die Organisation des Umzugs von fünfunddreißig Personen, darunter mehreren aus Ungarn geflohenenen Kaiserlichen Hoheiten, lag in seiner Hand. Kein Wunder, daß er meinen Geburtstag vergessen hatte.

Auf der *Hütte* hielt der achtundsiebzigjährige Fürst am Hofzeremoniell mit Lakaien, Mittag- und Abendtafel und der vom Hofkaplan zelebrierten Frühmesse fest – den Einschränkungen zum Trotz, die durch die Einquartierung einer SS-Mannschaft und ein den *Prinzenbau* blockierendes Lager von Ausrüstungsgegenständen der Wiener Polizei entstanden. In den Morgenstunden des 9. April 1945, als ich mit einem festlichen Gefühl in der Magengrube erwachte, wurden in Flossenbürg sieben Mitglieder der Verschwörung vom 20. Juli hingerichtet, darunter Dietrich Bonhoeffer und Admiral Canaris. Die Bevölkerung von Amberg wurde um acht Uhr fünfunddreißig durch Fliegeralarm gewarnt, aber nur fünfzig bis hundert Personen kamen ums Leben, die anderen hatten sich in die umliegenden Wälder geflüchtet, wo sie bis zum Kriegsende biwakierten. In Ingolstadt kamen die Menschen weniger glimpflich davon.

Großvater mit Lateinkenntnissen

Mein Großvater konnte ebenfalls Latein, sagte Christoph nach der Stunde zu mir, seinem Lateinlehrer, und ich fand das prima und vermutete, er sei wie sein Enkel Schüler eines humanistischen Gymnasiums gewesen. Das wisse er nicht, sagte Christoph, aber der Großvater habe lateinische Texte ins Deutsche übersetzt. Das wirst du auch tun, wenn du in den höheren Klassen bist, belehrte ich den Jungen. Ja, aber die Übersetzung sei gedruckt worden. Wie hieß er denn, dein Großvater, erkundigte ich mich, ohne den Ton von Herablassung zu überhören, den mein pädagogisches Über-Ich sogleich monierte. Haecker, sagte Christoph, Theodor Haecker, und ich sah das Sofa vor mir, auf dem im Februar 1943 die Mappe mit dem Manuskript der *Tag- und Nachtbücher* lag, als Beamte der Gestapo die Wohnung durchwühlten. Christophs Mutter, von der ich wußte, daß sie in einer Nervenklinik interniert war, mußte Haeckers Tochter Irene sein, die da ins Zimmer gestürzt kam, die Mappe mit dem Ausruf, es sei höchste Zeit für die Klavierstunde, an sich riß und den Inhalt im nahegelegenen Pfarrhaus gegen Notenhefte vertauschte. Die *Tag- und Nachtbücher* erschienen 1947, meine Mutter bekam sie am 5. Juli von ihrem Vetter Levin Gumppenberg zu ihrem vierzigsten Geburtstag geschenkt, und seitdem lagen sie mindestens bis zur Währungsreform auf ihrem Nachttisch. Ich war zu jung, um sie zu lesen, leider, aber der Name Theodor Haecker garantierte immerhin wie der von Werner Bergengruen, Gertrud von le Fort, Ida Friederike Görres, Reinhold Schneider und Romano Guardini, daß mir mit dem katholischen Glauben der Besitz der ungeteilten, unteilbaren Wahrheit in die Wiege gelegt worden war. Was für ein schwindelerregendes Glück, aber einer mußte schließlich das große Los gezogen haben, warum also nicht ich, und die Heerscharen der anderen, mein Gott, sie waren eben leer ausgegangen – wie die ungetauften Kinder, die in der Vorhölle ein freud-, freilich auch leidloses Dasein fristeten. Als wir im Regensburger Alten Gymnasium endlich Vergil lasen, die vierte Ekloge und ein paar winzige Kostproben aus der *Äneis*, vernahm ich aus jeder Zeile die brennende Sehnsucht des Heiden nach dem Erlöser, den die Himmel demnächst tauen, die Wolken herabregnen würden. Meinen Lateinlehrer überraschte ich mit Zitaten aus Haeckers Vergilbuch, ohne sie als solche kenntlich zu machen, ich sprach von der *anima naturaliter christiana* des Vaters des Abendlandes, den von ihrer Genußsucht korrumpierten Talenten Catulls und Ovids, führte Großartiges im Munde: daß in einem einzigen Vers der *Äneis* das ganze Rom enthalten sei, und am meisten liebte ich die Wendung von der grausamen Lächerlichkeit, der ich weiß nicht mehr welche Leute anheimfielen; sie ließ sich fast in jedem Aufsatz erfolgbringend plazieren. Ich hatte mir den steilen Stil des Eiferers ganz zu eigen gemacht. Christoph schenkte mir ein

Porträtphoto des noch jungen, durch eine mißglückte Nasenoperation entstellten Großvaters, auch ein handschriftliches Blatt mit *Lesefrüchten* und den Antrag, den sein Großvater 1938 an das Pfarramt Rockenhausen gerichtet hatte. Der Schreiber benötigte die Geburts- und Heiratsurkunde einer Groß- oder Urgroßmutter; es war die Zeit, da jeder Deutsche seine arische Abstammung nachweisen mußte. Der elfenbeinerne Turm, aus dessen oberstem Fenster er schmälend herausblicke, wie Walter Benjamin schrieb, hatte sich längst in ein Verlies verwandelt, in dem der zum Schweigen Verurteilte lichtlose Jahre hinbrachte, die nicht ins Helle, sondern wenige Tage, ehe die Befreier die Türen entriegelt, die Lippen entsiegelt hätten, ins Schattenreich mündeten: Am 9. April 1945, pünktlich zu meinem zehnten Geburtstag, erlag er einem diabetischen Koma. Die Signatur des Märtyrers war dem Mann und seinem Denken eingebrannt.

Auf dem Balkon

Die Flüchtlingswoge hatte sie in unser Haus getragen: Tante Helen-Theres und ihre Mutter Leontine. Nie versäumte sie, bei den Mahlzeiten unsere Tischmanieren verlottert zu nennen. Wir mit unserer Disziplinlosigkeit und unseren Haltungsschäden waren schuld, daß wir den Krieg verloren hatten. Hätte man uns beizeiten Stöcke zwischen die rücklings abgewinkelten Arme geschoben, alles wäre anders gekommen. Die Amerikaner hatten unser Haus besetzt, und wir mußten in die umliegenden Bauernhöfe emigrieren. Es geschah uns ganz recht; trotzdem sollte man sich von der Siegermacht nicht einschüchtern lassen. Nach wie vor absolvierte Leontine ihren Nachmittagsspaziergang durch unseren Garten, wandelte unbeirrt zwischen den rohgezimmerten Plumpsklos, auf denen die Soldaten mit heruntergelassenen Hosen hockten. Das war natürlich und notwendig, und es fiel ihr nicht ein, dagegen einzuschreiten. Und die Krieger waren Schlimmeres gewohnt; wie hätten sie sich von einer alten Dame bei ihren Verrichtungen, zu denen sie sich alle Zeit nahmen, stören lassen? Als aber einmal einer der khakifarbenen Burschen auf den Baum mit den Klaräpfeln geklettert war, um sich einige der frühreifen Früchte zu holen, klatschte sie so schallend in die Hände, daß der Eroberer schleunigst den Rückzug einleitete. Es war ihr Triumph. Jeden Tag wollte sie seinen Lorbeergeschmack aufs neue kosten, und nie ging es beim Erzählen ohne das Händeklatschen ab. Eines Augustnachmittags stand ich mit ihr auf dem Balkon des Gehöfts, wo sie mit ihrer Tochter in einer ehemaligen Mägdekammer Unterkunft gefunden hatte. Die aufgehängte Bauernwäsche knatterte leise im Sommerwind. Wirst du an mich denken, wenn ich tot bin?, sagte Tante Leontine unvermittelt, und ich versprach es, obwohl mich noch nie der Gedanke gestreift hatte, daß sie sterben könnte.

Nachbarn

Seit der Säkularisation hat die Familie von S. im nahen Dietramszell ihren Wohnsitz. Tante Lizzis zweite Tochter war für diese Welt zu lustig gewesen. Zum Nachtisch hatte es Zwetschgenkompott gegeben, und die Zwölfjährige, über ihre eigenen Späße in unmäßiges Kichern geratend, verschluckte sich an einem Kern. In ihrem Übermut merkte sie nichts davon, vertollte den Nachmittag mit den Vettern und Cousinen, die nie abreisten, ohne durch gleichartige Exemplare einer offenbar unerschöpflichen Gattung ersetzt zu werden, in den Gängen des ehemaligen Klosters. Erst am Abend, kurz bevor man wieder zur Tafel ging, blieb ihr das Lachen im Hals stecken, aus Rosenröte ward Zwetschgenbläue, ein zweiter Erstickungsanfall während des Transports in die Haunersche Kinderklinik in München kostete sie das Leben. Die Geschichte bestätigte meine schlimmsten Befürchtungen, mein eigenes, demnächst bevorstehendes Ende betreffend. Hatte ich nicht seit langem einen Kloß im Hals, schnürte sich meine Luftröhre nicht qualvoll zusammen, wenn ich rennen oder schreien wollte?

Der Name der frühvollendeten Lebenslustigen ist mir nicht gegenwärtig. Johanna, die ältere Schwester, folgte dem Lockruf ihrer Todessehnsucht und stürzte sich aus einem der oberen Fenster des entweihten Stifts. Gottlob hatte Tante Lizzi noch einen Sohn, den überaus feschen Joseph Wilhelm, der im Jahr meiner Geburt eine schwedische Gräfin heiratete. Sie fiel drei Jahre später dem Jägerglück ihres Försters zum Opfer; er hatte sie mit einer Bisamratte verwechselt. Warum mußte sie auch ihrer aus den unendlichen Wäldern um Kageröd eingeschleppten Leidenschaft frönen, sich im Abendzwielicht auf einsame Spaziergänge zu begeben, warum mußte der Förster nach der Heimkehr vom Oktoberfest nach der Flinte greifen, einen anderen Durst, den nach Beute, zu stillen. Sie hinterließ zwei Kinder; die überstürzt eingegangene neue Ehe des Vaters bescherte ihm neben einem weiteren Kind wiederum ein nur flüchtiges Glück, das diesmal nicht der Tod, sondern die Scheidung beendete. Eigentlich hätte der katholische Edelmann nun nicht mehr heiraten dürfen; er tat es im Vertrauen auf die Annullierungspraxis seiner barmherzigen Kirche trotzdem. Weißt du, hörte ich seine Mutter zu der meinen sagen, der kirchliche Segen und das alles kommt noch, das wird noch alles, jetzt mit den Angriffen auf München, mein Gott, das Durcheinander.

Unbeschädigt kehrte der Sohn aus dem amerikanischen Kriegsgefangenenlager Olmstead Field, Pennsylvania, zurück. Ein halbes Jahr später als sein Kamerad Walter Kolbenhoff, ein, da er noch keine Zeile veröffentlicht hatte, völlig unbescholtener Schriftsteller. Joseph, von seinen Angehörigen und Freunden immer noch Bubi genannt, war bei der SA gewesen, was er irgendwie der Tatsache schuldig zu sein glaubte, daß Hindenburg während seiner Reichspräsidentenschaft jeden Sommer als Gast der Familie im Schloß weilte, um in den ausgedehnten Herrschaftswäldern auf die Jagd zu gehen. In denen sammelten jetzt Vertriebene aus Schlesien und dem Sudetengau, auch einige ungarische Adelige waren darunter, Beeren und Reisig. Der Schloßherr hatte seinem vor ihm entlassenen Mitgefangenen beim Abschied einen Brief an seine dritte Frau mitgegeben; so verschlug es den Berliner Kolbenhoff in das liebliche oberbayerische Dorf. Sein Feuilletonartikel, der im Dezember 1946 in der *Neuen Zeitung* stand, fiel allerdings gar nicht schmeichelhaft aus. Vom Elend der Flüchtlinge, von der Selbstgerechtigkeit und Hartherzigkeit der Eingesessenen war da die unverblümte Rede, auch davon, daß der reiche adelige Kriegsheimkehrer auf seinem Schloß sitze und ungeduldig auf die ihm von den Amerikanern noch immer vorenthaltene Jagderlaubnis warte. Der wird, als der neue Bürgermeister – es war der frühere Kanzleischreiber, der vorübergehend für seinen noch nicht entnazifizierten Vorgänger eingesprungen war – das Blatt mit dem schandbaren Machwerk überbrachte, zu der Einsicht gekommen sein, daß man mit Schriftstellern, diesen zum Verrat geborenen Existenzen, niemals Kameradschaft schließen dürfe, auch unter extremen Umständen nicht. Zehn Jahre hatte der Verratene noch zu atmen und zu jagen. Dann verschüttete ihn eine Schneelawine irgendwo in Tirol. Arme Tante Lizzi.

Mutterkorn

Der Weg zum Weiher führte durch Weizen- und Roggenfelder. Das war damals so. Wir schwenkten die strohgelbe Badetasche, die doppelhenkelige, zwischen uns, meine Schwester ließ die freie rechte Hand an den klebrigen Ähren entlangstreifen. Schon hatte sie eine abgerissen und strich sich mit ihr über die Lippen. Tu es nicht, flüsterte ich; die Mutter ging nur wenige Schritte hinter uns, und ich pflegte ihre Warnungen zu beherzigen. Warum nicht? Die Stimme meiner Schwester klang spöttisch. Du weißt es doch, sagte ich. Habs vergessen, kam es in singendem Tonfall zurück. Sie hatte die Ähre fortgeworfen, aber ein Korn zurückbehalten, an dem sie kaute. Die Mutter holte uns ein, entdeckte den Frevel, stellte die Leichtsinnige schrillen Tons zur Rede. Da wächst ein unsichtbarer Pilz drauf, der ist giftig und zerfrißt dein Gesicht. Hundertmal hab ich es euch gesagt. Eine Ohrfeige traf die schon halb zerfressene Wange. Meine Schwester weinte. Ein Rinnsal, das anschwoll, zum reißenden Strom wurde. Die Mutter, die sie gerade ins Wasser gestoßen hatte, tat jetzt alles, die Untröstliche zu beruhigen, die Ertrinkende zu retten. Nichts half. Meiner Schwester war nicht mehr zu helfen. Sie fühlte ihre Lippen schwinden, das Nasenbein zerfallen. Mit einem in Auflösung begriffenen Gesicht konnte man nicht zum

Baden gehen. Wir kehrten um, der heiße Julinachmittag verging im Kinderzimmer, ich las der Verlorenen, um ihr die letzten Stunden zu erleichtern, aus dem Märchenbuch vor; sie hörte nicht hin. Ich war voller Mitleid, ahnungslos, daß sie leben würde, ich selbst aber längst von dem Mutterkorn gegessen hatte, dem tödlichen.

Hoftrauer

Meine Mutter war fast immer in Trauer – nicht weil sie besonders traurig gewesen wäre oder ein naher Verwandter nach dem andern das Zeitliche gesegnet hätte. In unserer Familie starb keiner. Aber meine Eltern mußten auch um entfernte Mitglieder des fürstlich Thurn und Taxisschen Hauses mittrauern, das war Vorschrift, eine bis ins Detail geregelte Kleiderordnung war peinlich zu beachten. Schwarz stand meiner Mutter gut, aber ich bedauerte doch, daß die vielen bei Rothdauscher oder Laborn gekauften farbigen Kleider zwischen Beutelchen, die mein Vater mit eigenhändig gezogenem und getrocknetem Lavendel gefüllt hatte, damit sie den faden Geruch der Mottenkugeln übertäubten, ungenutzt in den Schränken der Garderobe hingen, eines stattlichen Zimmers, das nach dem Krieg einer vom Wohnungsamt zugewiesenen Flüchtlingsfamilie Unterkunft bot. Damals, als doch fast jedermann einen verlorenen Angehörigen oder gleich mehrere aufzuweisen hatte, ging niemand in Trauer, es hätten ja dann ganze Industrien mit der Produktion von schwärzesten Textilien in ununterbrochen sich ablösenden Tag- und Nachtschichten beschäftigt sein müssen, aber es gab keine Fabriken mehr, die meisten Schneider des Landes waren gefallen, also ihrerseits zu betrauern, und die Schneiderinnen hatten alle Hände voll damit zu tun, schmutz- und blutbespritzte Uniformen in notdürftige Anziehsachen umzumodeln. Nur meine Mutter mußte nach wie vor, wenn sie das Haus verließ, ihr feines Trauergewand anlegen. Schon wieder war eine habsburgische Großtante oder eine portugiesische Königliche Hoheit verschieden. Aus tiefem Schwarz wurde nach Ablauf einer bestimmten Frist Grau, der Schleier, der wohl dazu diente, verweinte Augen zu verbergen (aber woher hätte meine Mutter beim untertänigsten Willen auch nur eine einzige Träne nehmen sollen?), erübrigte sich, schließlich erinnerte nur eine Schleife an den Todesfall, der sich somit als nahezu völlig verschmerzt präsentierte.

Fürstengruft

Manchen freilich gibts der Herr im Schlaf. Der Fürst war in der Nacht vom Montag auf Dienstag gestorben, den linken Arm, wie es seine Gewohnheit war, unter das Kopfkissen geschoben. Während das eine Sterbebildchen ihn im Frack, geschmückt mit dem Orden des Goldenen Vlieses, dem Gebet der Nachwelt ans Herz legte, zeigte ein anderes den friedlich Entschlummerten, wie ihn der Kammerdiener am Morgen des für unsere Stadt so schicksalschweren Januartages im Bett gefunden hatte. Eine offizielle und eine eher intime Version, die mich verwunderte, weil die Eltern, als meine Schwester und ich ein einziges Mal im Schloß zur Tafel geladen waren, uns eingeschärft hatten, bestimmte Wörter wie Hose oder auch nur Magen peinlich zu vermeiden. Der Hofphotograph hatte freilich darauf bestanden, das Sterbelager sei mit einem großen Strauß gelbblühender Mimosen, der Lieblingsblumen Seiner Durchlaucht, zu verzieren. Noch am Montagnachmittag hatte der hohe Herr eine Zigarre geraucht und seinen Leibarzt, den Doktor Reinemer, dessen in klassischem Versmaß gehaltene Tragödien auf höhere Anordnung im Stadttheater aufgeführt wurden, mit der Bemerkung entlassen, er fühle sich entschieden wohler als in den vergangenen Tagen. Aber schon seit der mühsam überstandenen Lungenentzündung, die dem edelsten aller Weidmänner die Treibjagd im letzten Herbst eingebracht hatte, rechnete der Vierundachtzigjährige mit der Möglichkeit eines baldigen Ablebens. Hätte er sonst kurz nach seiner Genesung zu meinem Vater gesagt, man wisse eben doch so gar nicht, wie es *drüben* aussehe. Er war ein tieffrommer Mann, der jeden Morgen kniend der vom Hofkaplan zelebrierten Messe beiwohnte. Aber nach und nach war ihm aufgegangen, daß auch die geweihten Männer, einschließlich des Erzbischofs Buchberger, was die sogenannten letzten Dinge betraf, keine klareren Vorstellungen hatten als der jüngste der im Schloßpark beschäftigten Gärtnerburschen. Zwar hatte der Hofkaplan, ein noch jugendlicher Mann von erschreckend bleicher Gesichtsfarbe, die wohl auf seine nächtlichen Studien über die *Gottselige Innigkeit* des Bischofs Sailer zurückging, die zunehmenden Zweifel des Alternden mit der Feststellung, bei Gott sei kein Ding unmöglich, ein für allemal zu beheben gedacht. Diese Auskunft erwies sich jedoch als ein nur sehr schwacher Trost. Der Satz öffnete, wie der Fürst sich sagen mußte, ja zugleich jedem offenbaren Unsinn das Himmelstor des Glaubens.

Er war ein großer Wohltäter, der größte, den unsere zur Armut tendierende Stadt je hatte, und er wußte, warum. Pünktlich an einem bestimmten Sonntag des Kirchenjahres kehrte das unfrohbotschaftsmäßige Evangelium wieder, das vom Nadelöhr, durch das eher ein Kamel denn ein Reicher eingehen könne. Sein Reichtum war unermeßlich, unerschöpflich. Er legte den größten Wert auf eine glanzvolle Hofhaltung, das spanische Zeremoniell war ihm heilig, das strengste aller Hausgesetze regelte die Heiraten der sechs Söhne und der einzigen Tochter. Ein langes, von Leiden unheimlich verschontes Leben lag hinter ihm. Er mußte sich also die ewige Seligkeit, die sich hoffentlich nicht allzu weit, nicht sternenweit über die gewohnten Daseinsfreuden erheben würde (was er sich wünschte, war weniger ein himmlisches Jerusalem als ein himmlisches Regensburg), durch das unermüdliche Vollbringen guter Werke verdienen. Die fürstliche Notstandsküche, die immerhin täglich etwa fünfhundert Bedürftigen ein kostenloses Mittagessen bot, müßte da einigermaßen ins Gewicht fallen.

Sie war im Komplex der ehemaligen romanischen Benediktinerabtei untergebracht, in deren Kreuzgang die neugotische Kapelle mit der Fürstengruft eingebaut war. Hier lagen die einbalsamierten Vorfahren, hier lag nun er selbst im offenen, mit rotem Samt ausgeschlagenen Zinnsarg, den, wie er verfügt hatte, erst ein halbes Jahr nach seinem Tod die Wände des Sarkophags umschließen sollten. Auf einem großen Kissen zu Füßen des Katafalks waren die Kreuze, Sterne und Kronen der Orden, die ehedem seine Brust bedeckt hatten, zur Schau gestellt. Zu beiden Seiten brannten Kerzen in hohen Kandelabern, die stets zu diesem Zweck in der Silberkammer bereitgehalten wurden. Kerzen brannten auch in den Händen der livrierten Lakaien, die in stündlichem Wechsel die Totenwache hielten. Ich sah einen von ihnen, er war noch sehr jung, hemmungslos schluchzen, den Oberkörper protokollwidrig nach vorne geneigt.

Voi che sapete

Die Klaviermusik gehörte zum Abend wie das Lesen im Bett und das Nachtgebet. Sie drang aus dem Erdgeschoß in unseren ersten Stock herauf. Dr. K. phantasierte. Vergebens versuchte ich aus der Klangwolke Reminiszenzen an Bekanntes herauszuhören. Das Amorphe war Ausdruck eines in sich selbst gefangenen Daseins. Ob Dr. K. überhaupt nach Noten spielen konnte? Ich bezweifelte es. Aber eines Abends sang eine weibliche Stimme Mozartarien. Das Schlafzimmer der Eltern lag neben der ehemaligen Ankleidekammer, wo ich, als die Familie zusammenrücken mußte, Platz gefunden hatte. Ich hörte meinen Vater zu meiner Mutter sagen, weibliche Stimmen hätten, er könne sich nicht helfen, auch wenn sie schön seien wie die von unten herauftönende, etwas Farbloses, Einschläferndes. Nicht immer: Sophie Elisabeth Schärtel, die im Stadttheater die Kundry sang, genoß seine ungeteilte Bewunderung. Aber die war ein Mezzo, und das Dunkle, Wilde, Höllenrosenhafte zog ihn und mich mit ihm in seinen Bann.

Die Sängerin drunten war nicht die kluge, gleichwohl adrette Tochter der Familie K., sondern die Frau eines Physikprofessors der Regensburger Hochschule. Sie hat keine Kinder, sagte meine Mutter, und ihre Stimme war voller Mitleid, da will sie wenigstens eine Künstlerin sein. Offenbar konnte ihr Mann nicht Klavier spielen, weshalb die Stimme auf die Kunst des Dr. K. angewiesen war. Während die Frau sich in Cherubinos *Voi che sapete* verströmte, plauderte, wie ich mir in meinem harten Bankbett ausmalte, das Fräulein K. mit dem feinsinnigen Physiker im Flüsterton über Literarisches; sie war Lektorin im Verlag von Josef Habbel, betreute eine Zeitschrift namens *Zwiebelturm* und hatte im Krieg in München bei Kurt Huber studiert, dessen Leibnizbuch sie mir lieh. Das war ein paar Jahre später, ich bereitete mich auf das Abitur vor, und der Gesang war lange verstummt.

Dr. K. war Kinderarzt, aber nicht der unsere; der hieß Dr. Schaudig und hatte mit meinem Vater im Ersten Weltkrieg in ein und demselben Schützengraben gelegen. Sie waren alte Kameraden sozusagen, was sich darin äußerte, daß uns Dr. Schaudig kostenlos behandelte. Nur einmal mußte Dr. K. von seinem Klavierstuhl in höchster Eile weggeholt werden. In der Luftröhre meiner jüngsten Schwester hatte sich am Tag nach der Geburt ein Schleimpfropfen verfangen, von ihrem pfeifenden Atem alarmiert, stürzte meine Mutter aus dem Wochenbett und nahm am Waschbecken die Nottaufe vor. Wenn schon nicht das ohnehin sterbliche Leben, sollte doch wenigstens die Seele des Kindes gerettet werden. Aber Dr. K. packte das blaugesichtige Baby mit einer Entschlußkraft, die keiner ihm zugetraut hätte, an den Füßen und schwenkte es, den Kopf nach unten, so heftig hin und her, daß meine Mutter sich gezwungen sah, mit letzter

Kraft den Tisch wegzurücken, an dessen Kante das Köpfchen haarscharf vorüberglitt.

Eigentlich hatte die Familie des Doktors seit Menschengedenken im Nachbarhaus gewohnt; das aber hatten die Amerikaner in Beschlag genommen. Als sie zehn Jahre nach dem Krieg in ihr Eigentum zurückgekehrt war, konnte man bald darauf im Garten einen Kinderwagen stehen sehen. Fräulein K. habe einen Jungen adoptiert, hörte man.

The Blue Danube

In der Stadt am Strom geboren, will ich doch nicht so anmaßend sein zu behaupten, mit seinem Wasser getauft zu sein. Ziemlich lange blieb das Elementare ausgesperrt. Nein, keine Jugend an der Donau wie die von Georg Britting, der am Anfang eines Jahrhunderts, das bald in das schwärzeste aller Meere münden sollte, zwischen grünschillernden Altwassertümpeln ein von Weiden überhangenes, zu Fischfrevel und anderen lästerlichen Taten wild entschlossenes Knabenleben lebte. Zu meiner Zeit gab es keine Knaben mehr, sie waren in den Abgrund eines verlorenen Weltkriegs gestürzt, mochten auch wenige Überlebende sich auf der Höhe ihrer Domspatzenwürde verschanzt halten. Unten trabte Hitlerjugend auf ebenen vorgeschriebenen Pfaden. Ich gehörte nicht zu den einen, nicht zu den andern.

Mein Vater, fast genauso alt wie der Dichter, hatte einen Schulfreund, mit dem er jede freie Stunde beim Fischen, Baden und Rudern in den vier Flüssen unserer Stadt verbrachte: der Donau, dem Regen, der Naab und der Laaber. Da war eine Lebensenergie, über die ich nicht verfügte, ein Kraftüberschuß, der ausgegeben sein wollte im Kampf mit der seinerzeit noch ungezähmten Natur, sei es daß der Angler den Huchen herauszog aus dem schwarz strudelnden Wasser, sei es daß der

Schwimmer die Strömung zum soundsovielten Male bezwang.

Der Vierte im Bunde, wobei dieser Bund, versteht sich, nur in meinem Kopf existiert, ist Ludwig Bemelmans, auch er ein Dichter, doch er weiß es noch nicht. Georg Britting, der es von sich schon weiß und zur gleichen Zeit wie der um einige Jahre jüngere Enkel des Besitzers der Brauerei am Arnulfplatz die Königliche Kreis-Oberrealschule am Haidplatz besucht, wohnt unfern von ihm in der Engelburgergasse, noch näher an der Donau, wie es sich für den künftigen Sänger des Stromes gehört. Ludwig ist ein Tunichtgut von der schwer erziehbaren Sorte, und wohin begibt sich ein Sechzehnjähriger damals, wenn ihm der Boden der Heimatstadt zu heiß wird? Nach Afrika, denkt ihr, wie der Förstersohn Simon, des Schülers Britting mehr oder weniger erfundener, von Weltverbesserungsverlangen bebender Freund?

Nein, Ludwig ging in die Staaten. Achtundzwanzig Jahre später, wieder einmal war ein Krieg zu Ende, schleppte einer von der Befreiungsarmee ein Buch des inzwischen berühmten amerikanischen Schriftstellers bei uns ein, auf dessen Einband sich die Regensburger Domtürme, das Dach des Salzstadels und der Brückenturm drängten, während es unten dunkelblau strömte zwischen steinernen Bögen. So blau war der Fluß in Wirklichkeit nicht, aber weil die Geschichte *The Blue Danube* hieß, mußte die Wirklichkeit sich danach richten.

Das heimgekehrte Buch des Ausgewanderten lag auf der Kommode neben dem Bett meiner Mutter, mein

Vater war nicht neugierig auf das, was darin stand, er las keine Bücher, schon gar keine englischen. Ich schlug es auf. Schon auf der ersten Seite sprang mir mitten aus dem Kauderwelsch ein vertrautes deutsches Wort entgegen: *Die Schillerwiese,* a municipal bathing establishment, named after a German poet. Der Amerikaner hatte das Buch wohl zu Umerziehungszwecken dagelassen, weil darin ein ebenso primitiver wie lächerlicher Gauleiter vorkam, der mit seinen Nazispießgesellen am liebsten im Biergarten des Wirtshauses *Zur blauen Donau* verkehrte. Der Arm der braunen Machthaber war gewaltig, und doch reichte er nicht bis zur Familie Fischer, old Anton, seinen zwei Schwestern und Nichte Leni, die auf einer gewissermaßen exterritorialen winzigen Insel die berühmten Regensburger Rettiche anbauten und an das Wirtshaus verkauften, wo der zweieinhalb Zentner schwere Gauleiter sie zum Bier zu genießen pflegte. Die Inselbewohner verkörperten das bessere Regensburg, das andere Deutschland. So viel verstand ich, weil meine Mutter mir die eine und andere Stelle aus dem Buch übersetzt hatte. Ich beschloß, bei nächster Gelegenheit Englisch zu lernen.

Spanisch

Liselotte T. hatte ein Küchenmesser ergriffen und war damit ans Ufer der Donau geeilt. Schuld war ein Spanier, der sich trotz oder wegen seines Verlöbnisses mit dem sächsischen Fräulein in sein Heimatland abgesetzt hatte. Kurz nach dem Krieg wimmelte es in Regensburg von iberoamerikanischen Armeeangehörigen und elternlosen Flüchtlingsmädchen aus Sachsen. In den Kneipen der Keplerstraße mischten sich die Rassen. Ob die Lebensmüde sich in letzter Stunde besonnen oder ein Entgegenkommender ihr das Messer entwunden hatte, weiß ich nicht; jedenfalls fand sie auf unserem Dachboden Unterschlupf, wo sie hinter einer Spanischen Wand ein Matratzenlager bezog. Was sollte sie nun mit der Sprache anfangen, die sie aus Liebe zu dem treulosen Mann sich angeeignet hatte. Aber da war doch noch ich. Spanisch war, erklärten mir die Eltern, die Sprache der Zukunft. Wir saßen am langen Küchentisch mit der von tiefen Rillen gefurchten Platte aus hellem Holz, auf der am Karfreitag das schwarzgeschlachtete Schwein gelegen hatte, ein menschenähnliches Opfertier, auf dem Gasherd brodelten Töpfe und Kessel, Einmachgläser drängten sich, das mit Todesstrafe belegte Fleisch und Fett in sich aufzunehmen. Jetzt brachte mir an diesem Ort die verhinderte Selbstmörderin ihr Spanisch bei, und keiner ihrer Finger zuckte nach einem der Messer, die in der halboffenen Schublade blitzten. Ich hatte jemanden für mich ganz allein, meinethalben hatte sie in dem überfüllten Haus Asyl gefunden, sie gehörte mir. Außer den Spaniern, sagte sie auf dem Dachboden, seien fast alle Männer pervers, auch Goethe habe Knaben angesungen, und wie man nur einen solchen Unsinn dichten und dafür auch noch berühmt werden könne: *Grün* sei des Lebens *goldner* Baum. Nach der Währungsreform ging sie nach England, ein höherer britischer Offizier, dessen Liebenswürdigkeit eine alte Dame aus der Verwandtschaft meiner Mutter nicht genug preisen konnte, benötigte für die seinige eine Betreuerin. Der reizende Major war, wie sich an Ort und Stelle ergab, natürlich homosexuell. Fräulein T. berichtete bei einem späteren Besuch von einschlägigen Orgien, die in dem Haus hinter dem Rücken der Vierundneunzigjährigen gefeiert wurden. Die Internate sind schuld, sagte sie, diese gottverdammten englischen Internate.

Hausmusik

Herr Müller spielte in einem aus lauter Zithern bestehenden Orchester (er sagte *Orschester*), das jeden zweiten Samstagnachmittag in der Jakobinerschenke zusammentraf, sich auch gelegentlich vor Publikum hören ließ. Eigentlich war Herr Müller Damenfriseur in der Gesandtenstraße; als solcher kam er nach Geschäftsschluß zu uns ins Haus, um meinen Schwestern und leider auch mir das Haar zu schneiden. Ich empfand es als entwürdigend, mich von einem Damenfriseur behandeln zu lassen, mußte dann allerdings zugeben, daß er offenbar auch mit Jungenköpfen ganz normal umzugehen verstand. Herr Müller schwärmte von den Hochgefühlen, die ihm an den Samstagnachmittagen zuteil wurden, und erbot sich, mich in seine freudenreiche Kunst einzuführen. Seine Beziehungen in Zitherspielerkreisen würden den Erwerb eines gebrauchten Instruments zu einem sehr günstigen Preis ermöglichen. Mein Vater war sofort einverstanden, und so kam ich schon beim nächsten Haarschneidetermin in den Besitz dieses alpenländischen Chordophons nebst dem am Daumen zu befestigenden Plektrum. Ich übte hingebungsvoll, obwohl ich nur schwer die Enttäuschung darüber verwand, daß nirgends im Köchelverzeichnis eine Zither ertönte. Und dabei hatte Mozart sogar der Glasharfe ein eigenes, wenn auch sehr kläglich klingendes Konzert gewidmet. Mindestens zwei Jahre lang habe ich mir Blatt für Blatt meiner Zitherschule zu eigen gemacht, auch noch, als Herr Müller nicht mehr gebraucht wurde, weil meine Schwestern beschlossen hatten, sich Zöpfe wachsen zu lassen. Auch sie hatten sich einem Instrument verschrieben: der Ziehharmonika. Die Musik, die sie produzierte, war noch irdischer als die meine und nur im Freien, an Sommerabenden, genießbar.

So äußerte sich bei uns Kindern der Hang zum Kommunen. Unsere Mutter war geneigt, ihn als Erbteil des durch und durch gesunden Vaters wenn nicht zu begrüßen, so doch zu tolerieren. Sie selbst hatte Geige gelernt und es bis zu Beethovens Violinkonzert gebracht. Inzwischen holte sie allerdings das kostbare Instrument nur noch einmal im Jahr hervor: an Weihnachten, wenn sie uns zum Gesang von *Stille Nacht, heilige Nacht* begleitete. Der Atem unserer Ungeduld reichte lediglich für die erste Strophe, keine Note weiter. Und auch sie hatte es eilig, die Geige wieder in ihrem Behältnis verschwinden zu lassen.

Warum nur hatte die Mutter, vor so vielen Jahren schon, zu spielen aufgehört? Auf dunkle Weise war uns bewußt, daß es mit der Geburt von uns Kindern zusammenhing. Sie konnte ja auch nicht mehr tanzen, Schwindel ergriff sie schon bei der ersten Drehung. Aber alles hat seine Ausnahme. Onkel Clemens, der Dichter, war unverhofft zu Besuch gekommen, und Heiterkeit schäumte über den Rand des Nachmittags, als wäre in ein Glas mit abgestandenem Wasser ein Tütchen Brausepulver geschüttet worden. Das Klavier, auf dem niemand mehr spielte, seit die Großmutter ausschließlich mit dem Hersagen des immergleichen Rosenkranzgebetes beschäftigt war – in einer außer Mode gekommenen Form, die mit der Wendung *In der Stunde unseres Absterbens Amen* schloß –, ließ unter den Händen von Onkel Clemens *Suse, liebe Suse* und *Der Besen, der Besen, was macht man damit* erklingen, und meine Mutter strich, in tadelloser Haltung neben dem Klavierstuhl stehend, den Bogen, den sie zuvor kunstgerecht mit Kolophonium präpariert hatte. Juniwind, das himmlische Kind, wehte ins Zimmer, das von Musik und Gelächter, Gelächter und Musik erfüllt war, die ganze Partitur von Humperdincks *Hänsel und Gretel* kam zur Aufführung, auf der von Engeln flankierten Leiter stieg ich schwerelos empor ins silberne Herz der Musik. Die Mutter war dreiunddreißig, ich sagte es mir vor, obwohl ich mich an kein anderes Alter von ihr erinnern konnte, vielleicht waren Mütter immer dreiunddreißig, nur Stiefmütter waren älter.

Pflichtübungen

Das Tennistraining gehörte wie die Reitstunden und das viel frühere Nacktherumlaufen zu den Pflichtübungen. Der Reihe nach: Die Mutter war in den zwanziger Jahren jung gewesen; die Lebensreform war nicht spurlos an ihr vorübergegangen. Kinder sollten, hatte sie mitgekriegt, ein unbefangenes Verhältnis zum Körper, nicht nur zu ihrem eigenen, gewinnen; sie selbst hatte als Interne bei den Englischen Fräulein in Nymphenburg nur mit einem Hemd in die samstägliche Badewanne steigen dürfen – so weit war es nach zweihundert Jahren mit Max Emanuels Nymphen gekommen. *Wir* mußten, das hatte sie sich vorgenommen, zwanglos aufwachsen. Der Teufel saß, als wir Kinder waren, überall in Deutschland, nur nicht in den Geschlechtsteilen. So setzte sie von Zeit zu Zeit für meine Schwestern und mich hüllenlose Freiübungen aufs Programm – droben auf der heckenumhegten Wiese vor dem Hüttchen, wenn ein Erscheinen der ihren Mittagsschlaf absolvierenden Tante Adele auszuschließen war. Ich schämte mich, zugleich schämte ich mich meiner Scham und wagte sie nicht zu zeigen.

Nach dem Krieg die Reitstunden im fürstlichen Marstall zu Regensburg. Der General Leithäuser ließ die Peitsche knallen. Vor ihm hatte ich mehr Angst als vor den Pferden. Zum Kentaur war ich nicht geboren, während meine ein Jahr jüngere Schwester wie angegossen auf ihrem Braunen saß. Immerhin hielt ich mich, angehaltenen Atems, auf meinem, wie mir vorkam, minder edlen Tier, wenn es unter dem unerbittlichen Kommando des abgehalfterten Generals in Galopp fiel. Es war nicht so schlimm, wie ich es mir vorgestellt hatte, aber vielleicht war das Schlimme gerade das. Meine zuschauende Mutter sparte nicht mit Lob. Ich hörte es ungern. Was der äußere Widerstand an Härte verlor, wuchs dem inneren zu. Als die Serie der ersten zwölf Stunden abgeschlossen war, bekam ich eine Urkunde, die ich als Erlaubnis betrachtete, der Reithalle für den Rest meines Lebens fernzubleiben.

Auf dem Tennisplatz rannten kleine Buben nach Bällen, ich wäre gern einer von ihnen gewesen, aber ich war halbwüchsig und sollte mich körperlich ertüchtigen. Im Clubhaus konnte man Butterbrot und Limonade bestellen. Damen mittleren Alters schlugen die überflüssige Zeit ins Netz. Eine, die unsere Familie kannte, zog mich manchmal ins Gespräch. Sie sprach gedehnt, denn der Sommernachmittag dauerte endlos. Wenn sie den Schläger hob, sah ich ihr rötliches Achselhaar. Einmal verwechselte sie bei der abendlichen Heimfahrt die Bremse mit dem Gaspedal, durchbrach das Geländer der bei Kriegsende gesprengten, nur behelfsmäßig wiederhergestellten Steinernen Brücke und stürzte in den strudelnden Strom. Ihren Schrei soll man bis zum Neupfarrplatz gehört haben.

Nur eine Episode

Einigermaßen hatte ich es mir schon zusammengereimt; man konnte sagen, ich war aufgeklärt. Aber mein Wissen verhinderte nicht, daß ich insgeheim davon überzeugt war, der Geschlechtstrieb sei etwas Vorübergehendes, eine Krankheit, die mit der Pubertät ausbreche und mit ihr ende. Sie war etwas, das man durchstehen mußte, um erwachsen zu werden, eine Prüfung und Bewährungsprobe; wenn man sie bestanden hatte, konnte man sich gratulieren. Man war ja dann gegen den Krankheitserreger, wie das auch bei Masern oder Scharlach der Fall gewesen war, für den Rest des Lebens gefeit. Nein, es war undenkbar, daß die Erwachsenen so beschämenden Anwandlungen ausgesetzt waren, wie man sie neuerdings bei sich selbst zur Kenntnis nehmen mußte, daß an ihrem Körper sich so erniedrigende Erscheinungen zeigten. Man sah ja auch nicht solche Eiterpünktchen auf ihrer Stirn. Wie gefaßt und überlegen sie waren, und wenn sie wirklich einmal über diese Dinge sprachen, klang es so, als stünden sie turmhoch darüber – sie hatten den Drachen besiegt.

Ein Beichtvater

In den Beichtstühlen der Regensburger Kirchen war ich zuhaus. So schwer drückte die allnächtlich angesammelte Sündenlast, daß ich jeden Morgen durch die noch leeren Straßen eilte, um in den Besitz des einzig wirksamen Gegenmittels zu gelangen: der von geweihtem Priestermund gespendeten Absolution. Die Angst, sie könnte mir wegen zu häufiger Inanspruchnahme verweigert werden, trieb mich zu immer entlegeneren Gotteshäusern: nach Sankt Wolfgang in Kumpfmühl, Sankt Anton am Unteren Friedhof, Sankt Mang in Stadtamhof. Wie herrlich erglänzten diese vermeintlich weniger reizvollen Bezirke der Stadt im Licht des aufgehenden Tages, wenn ich die Prozedur hinter mich gebracht, die Lossprechung empfangen hatte. Auf sie allein kam es mir an, nicht auf seelsorglichen Zuspruch. Je anonymer die Sache ablief, umso ungetrübter war das mir beschiedene Glücksgefühl. Der Gesalbte sollte seines Amtes walten, nicht als Person in Erscheinung treten.

Dann aber, als ich nach langer Abwesenheit ins Vaterhaus und seine Herzkammer: den Beichtstuhl des Stadtpfarrers Kraus von Sankt Emmeram zurückzukehren wagte, traf mich der Blitz. Der Unsichtbare nannte mich beim Namen und fragte: Bist du es? Ich war erkannt, gerufen, hatte meinen Beichtvater gefunden. Sein apriorisches Verstehen und Verzeihen nahm meinem Sündenbekenntnis jedes Gewicht. Wie hätte ich jemals das Maß an Schuld aufbringen können, das solcher Erbarmensfülle die Waage hielt. Derselbe Mann lehrte Sonntag für Sonntag von der Brüstung der mit dem apokalyptischen Lamm und der ehernen Schlange geschmückten Kanzel eine bis ins Mark erschütterte Gemeinde das Fürchten. Das Jüngste Gericht stand unmittelbar bevor. Nur mir würde, wußte ich, kein Haar gekrümmt werden.

Der Schmerz des Xerxes

Als der Perserkönig Xerxes vor der Überquerung des Hellespont sein riesiges Heer besichtigte, sah er sich schon als Sieger über Griechenland und pries sich glücklich; gleich darauf brach er in Tränen aus. Seinem neben ihm stehenden Onkel und Ratgeber, der sich über dieses widersprüchliche Verhalten erstaunt zeigte, erklärte er, angesichts der Entfaltung tausendfacher jugendlicher Kraft – alle Söhne des größten Volkes der Erde hatten dem Ruf zum Rachefeldzug gegen Europa Folge leisten müssen – habe ihn der Gedanke, daß in hundert Jahren keiner aus dieser ungeheuren Menschenmenge mehr am Leben sein werde, mit Jammer erfüllt. In dieser menschlichen Regung des orientalischen Despoten auf dem Höhepunkt seiner Machtdemonstration steckte schon der Keim der vernichtenden Niederlage, die er bei Salamis erleiden sollte. Eine gewisse Sympathie mit dem allerdings auch hochfahrenden, zu jeder Grausamkeit fähigen Herrscher, dem schwachen Sohn eines übermächtigen Vaters, der noch als ein dem Grabe entstiegener Schatten über den geschlagenen Heimkehrer triumphierte, hatte ich empfunden, als ich die von Herodot übernommene Anekdote in meinem griechischen Übungsbuch las, und seitdem spüre ich den Schmerz des Xerxes jedesmal, wenn das Lebensgefühl in mir eine bestimmte

Höhe erreicht, seine Woge mich ergreift. Wir waren schon im Aufbruch zur Premiere des *Tell* im Regensburger Stadttheater, der von meiner Schwester und mir vergötterte Gustav Altnöder würde die Hauptrolle spielen, auch die Eltern sahen dem Ereignis freudig entgegen. Beim Verlassen des Hauses, auf der Treppe nach unten, also im Augenblick, da von der festlichen Erwartung noch nichts verpufft war, konnte ich die Bemerkung nicht unterdrücken, daß wir in hundert Jahren alle vier tot sein würden, jede Erinnerung an den heutigen Abend ausgelöscht sein werde. Meine Mutter reagierte unwillig; mit solchen Gedanken, rief sie, und ihre Stimme hallte im Treppenhaus wider, kann man sich jede Freude verderben; sie sind unnütz und schädlich! Wie oft überquerte ich, längst erwachsen, die Eltern gestorben und verdorben, mit Busladungen voller Schüler die Alpen auf der Fahrt nach Rom, die Sommerferien hatten gerade begonnen, nackte Oberkörper glänzten, Jugendblüte schäumte, die Tränen, die mir in die Augen schossen, sah niemand.

Gelöschte Begeisterung

Ich war fünfzehn und liebte die Kunst. Schon im Zustand der Präexistenz war ich ihr verfallen gewesen; dem Zwölfjährigen war das *Land des Lächelns*, das er im Stadttheater gehört hatte, als die vollkommenste Blüte in jenem Garten aufgegangen, den nur die Auserwählten betreten durften. Neben dem hohen Paar fand sich ein zweites, einer niedrigeren Sphäre angehörendes; das Erhabene ließ sich nicht ertragen ohne die Beimengung des Gewöhnlichen – das immer noch himmelhoch über dem gemeinen Leben schwebte, schwalbenfluggleich. Machen wirs den Schwalben nach, schlugen in einer anderen von mir nicht weniger geschätzten Operette die beiden einander vor, was ungesungen eine ziemlich ordinäre Aufforderung gewesen wäre, jedoch, da die Kunst sich der Sache annahm, zur glockenreinen Gefühlsangelegenheit wurde. Im Land des Lächelns beteuerte Anita Wiedow mit betörend zwitschernder Stimme die Gleichheit von meiner und deiner Liebe. Sie hatte mir das Billett für die Premiere geschenkt. Was für ein unwahrscheinliches Glück, mit einer Künstlerin dieses Formats, die an einem Abend das Gretchen spielte, am andern die Schwester eines chinesischen Prinzen sang, unter einem Dach zu wohnen. Trotzdem hielt ich es mit dem edleren Bruder. Nichts ging über mein ganzes Herz, das dein war;

Richard Tauber sang es im Radio. Ich hatte mir die Noten verschafft; unter dem Weichselkirschenbaum im Garten, dessen bis zum Boden hängende Zweige einen Weltinnenraum umschlossen, schmetterte ich, wenn ich sicher sein konnte, daß keiner mich hörte, das allerschönste Lied. In der *Zauberflöte* kehrte das Doppelpaar wieder, hier wurde mir die Entscheidung zwischen Tamino und Papageno noch leichter gemacht, auch wenn es der Vertreter der niederen Liebe war, der als erster mit Pamina im Zwiegesang bis zum Heranreichen an die Gottheit verschmelzen durfte. Eine aus dramaturgischen Gründen unvermeidliche, aber doch irreführende Vorwegnahme. Auch dieses Theatererlebnis fiel noch in die Zeit der Präexistenz, den Übergang vorbereitend.

Ins Land des Lächelns führte nach dem Stimmbruch kein Weg zurück. Unterdessen hatte die in der Musikstunde vorgeführte, durch Erklärungen des glücklicherweise wortkargen Lehrers kaum unterbrochene *Unvollendete* eine äußerste Steigerung meiner Leidenschaft bewirkt. Mein Blick war beim Hören in den Schulhof gefallen, wo jüngere Schüler Volleyball spielten. Ein messerscharfer Schmerz durchfuhr mich; ich wußte nicht, ob er mir selbst galt oder denen da drunten, die nach dem Glück des Sieges jagten, einander verbunden auf Gedeih und Verderb. Zwischen ihnen und mir lag ein Meer von Tönen, die sich zur Woge türmten, um über mich hinwegzurollen.

Im Theater wurde der *Rosenkavalier* vorbereitet. Ich war fünfzehn und liebte die Kunst. Ich kannte die Partitur, auch eine Schallplattenaufnahme aus dem Jahr 1933 mit Lotte Lehmann als Marschallin hatte ich mehrmals gehört. Kein Zweifel, das war die Oper der Opern, keine Blüte mehr, sondern eine reife, dem Durstigen höchste Erfüllung verheißende Frucht. Ich werde sie pflücken demnächst, übermorgen, morgen, heute abend, jetzt. Noch ist der Vorhang geschlossen, noch stimmen die Musiker ihre Instrumente.

Octavian und Sophie hatten einander gefunden für alle Zeit, der kleine Mohr war mit dem Taschentuch, das dem Mädchen beim Kuß entfallen war, hinausgetrippelt. Ich ging auf Wolken hinaus. Vor dem Theater stand R. mit einigen seiner Bewunderer. Ich hörte das Wort *Zuckerwatte.* Die Linie des Schönen ist haarscharf, dozierte R., und kann nur um tausend Meilen überschritten werden, Hebbel. Er wandte sich an mich: War es nicht zum Davonlaufen. Wäre ich nur nach dem ersten Akt nach Hause gegangen! Die P. hat ja einigermaßen passabel gesungen, nur ist sie eben keine Marschallin. Aber dann die Grobschlächtigkeiten des Ochs, die Intonationsprobleme der Sophie. Was habe ich gelitten. Die Komödie sei zur Klamotte verkommen, und R. habe bis dato nicht geahnt, daß einer, der den Titel eines Generalmusikdirektors führte, aus dieser herrlichen Musik einen so klebrig süßen Brei zusammenrühren könne.

Ich stimmte ihm auf der ganzen Linie zu. Ein Guß kalten Wassers hatte die langgehegte, heiliggehaltene Flamme der Begeisterung ein für allemal gelöscht. Die Kunst lag hinter mir, die Zukunft der Kritik hatte begonnen.

Monsignore

Der Palatin ist mir verhaßt. Die Schattenlosigkeit, gegen die auch die traurigen Reste der Farnesischen Gärten nichts ausrichten, die Ruinen der Paläste größenwahnsinniger Kaiser, andererseits die falsche Bescheidenheit des Augustus. Wir standen mit dem dozierenden Monsignore im Haus der Livia. Eine Zufallsbekanntschaft. Kürzlich hatte es eine Verwandte meiner Mutter auf diesen unwirtlichsten aller Hügel verschlagen, und sie hatte in ihrer Ratlosigkeit den Geistlichen angesprochen, der einem Ehepaar die römischen Wandmalereien erklärte. In diesem Augenblick war ein neues Rom geboren, das Rom des Monsignore. Sie beschwor ihre Cousine, keinen Schritt ohne diesen geweihten Cicerone zu tun. Meine Mutter reiste mit einem sechzehnjährigen Sohn und einer ein Jahr jüngeren Tochter in die Ewige Stadt, weil sie glaubte, ihre Kinder könnten nicht früh genug mit dem zentralen Kraftfeld der weltumspannenden Kirche in Berührung gebracht werden.

Am Vormittag hatten wir, erschöpft von der nächtlichen Zugfahrt, die Vatikanischen Museen absolviert. Einem entzündeten Zehennagel zum Trotz, der ihr selbst im Angesicht von Raffaels Stanzen Schmerzenslaute einer Gefolterten entpreßte, durchmaß die Mutter im gewohnten Eiltempo Säle und Galerien, während ich mich, Verachtung für solches Tourismusgebaren im Herzen, demonstrativ auf die Betrachtung ausgewählter Werke konzentrierte. Am Abend suchten wir die auf dem Vorsatzblatt von Bergengruens *Römischem Erinnerungsbuch* in der Handschrift der Cousine notierte Adresse auf. Der Monsignore wohnte in einem Gebäude, das dem Vatikan als standesgemäße Unterkunft geistlicher Mitarbeiter diente. Man wies uns in einen Saal, in dessen Fenstern sich die abweisend nackte Fassade von Santa Maria sopra Minerva abzeichnete. Ich hatte den Roman gelesen, der im oberen Stock des Eckhauses spielte, das mit seiner einen Seite dem von den cremefarbenen Kutten der Dominikaner schimmernden Platz zugewandt war, während die andere auf das heidnische Pantheon blickte. Auch erinnerte ich mich, daß hier, als der Palazzo noch Kloster war, Giordano Bruno zum Feuertod verurteilt und Galilei zum Widerruf gezwungen worden war. Bruno war mein Held, aber ich wußte, daß ich widerrufen hätte und immer zum Widerruf bereit sein würde.

Der Monsignore erschien, jung und würdevoll, weltmännisch und geistlich, aus Görz gebürtig, wie sich bei der sogleich von unserer Mutter in fließende Bewegung gebrachten Konversation herausstellte, die dann im Ristorante Passetto hinter der Piazza Navona, wohin der Monsignore uns, wie übrigens seinerzeit auch die Cousine, eingeladen hatte, unter so angenehmen Umständen ihre Fortsetzung fand, daß die Nagelbettentzündung wie weggeblasen schien. Unser Gastgeber, an dessen höhere Würde nur ein schmaler, ziemlich weit unten am tiefschwarzen Priesterrock angebrachter violetter Streifen gemahnte, versäumte nicht, uns auf die Principessa aufmerksam zu machen, die am übernächsten Tisch mit einigen ihrer Standesgenossen tafelte. Tags darauf zeigte er uns den in den Ruinen des Marcellustheaters eingerichteten, erschreckend schäbigen Palast ihrer Familie. Die jüngste Tochter sei übrigens noch im Dornröschenschlaf befangen und warte auf meinen Kuß. Falls ich freilich die Absicht hätte, die geistliche Karriere einzuschlagen, könnte ich mir die Mühe ihrer Erweckung sparen; in diesem Fall sei mir der Kardinalshut so gut wie sicher. Übrigens sei ein Konklave in absehbarer Zeit nicht auszuschließen: Der Papst leide an einem quälenden Schluckauf, weshalb Privataudienzen derzeit auf ein Mindestmaß reduziert seien.

Der Monsignore empfahl uns trotzdem, nach Castel Gandolfo zu fahren, wo wir vielleicht doch vor der allgemeinen, im Innenhof der päpstlichen Sommerresidenz stattfindenden Audienz von Seiner Heiligkeit empfangen werden würden. Mutter und Schwester legten schwarze Kleidung an; mein grauer Anzug war mir zu weit, ich mußte die Hose mit einer unter der Jacke versteckten Schnur zusammenhalten. Ein Papier vorweisend, das uns der Monsignore mitgegeben hatte und das von seinem Chef im Staatssekretariat, einem Mann namens Montini, unterzeichnet war, drangen wir in den Palast. Ein Wartezimmer, in dem bereits enttäuschend viele Auserwählte ihres Aufrufs harrten, nahm uns auf. Nach zwei Stunden beschied man uns, daß wir uns unter das Volk im Innenhof zu mischen hätten; keine Extras heute, keine Haupterhebungen. Pacelli wurde herausgetragen, eine blendendweiße wächserne Puppe, kann sein, sie war nur sein Stellvertreter.

Zu oft habe ich den heiligen Judas Thaddäus um Hilfe angerufen, Kerzen vor wunderkräftigen Marienbildern entzündet, den Leib Christi auf der Zunge gespürt, um mich von meiner Kirche abzukehren oder ihr auch nur Vorhaltungen zu machen. Einer Mutter, die dich am Tag nach deiner ersten Geburt in ihre weltumfassenden Arme schloß, die dir einen brennenden Kuß aus Chrisam auf die Stirn drückte und dir in unerschöpflicher Geduld tausendmal die Sünde der bösen Lust verzieh, fällt man nicht in den Rücken. Überdies verdanke ich ihr, daß ich auf keine Grenzerfahrungen, auf keine Erleuchtungserlebnisse angewiesen bin, auf nichts, was aus dem von jubilierenden Putten verzierten Rahmen fällt. Als aber Pius XII. nach fast zwanzigjährigem Pontifikat gestorben war – er hatte, wie unser geistlicher Gewährsmann in Rom uns später erzählte, keinen leichten Tod, habe sich vor Schmerzen wie ein Wurm gekrümmt –, war in den Nachrichten von *Bestürzung im Vatikan* die Rede. Ich traute meinen Ohren nicht. Schließlich lagen Hunderte von Päpsten in ihren Särgen unter dem Boden der Peterskirche, und in Sankt Paul vor den Mauern wartete über den Arkaden schon das leere Medaillon auf das Bild des Nachfolgerpapstes. Und war im Hinblick auf den in so vielen Deckengemälden der römischen Kirchen offenstehenden Himmel der Tod nicht das Allerbeste, was einem zum Zeichen seiner Reinheit in schimmerndes Weiß gekleideten Heiligen Vater zuteil werden konnte. Bestürzung im Vatikan? Es mußte sich um eine Falschmeldung handeln.

Veronika

Nicht sehr lange vor Torschluß kam zu den zwei Mädchen in unserer Klasse endlich ein drittes, die Tochter eines Professors, der in der nebenan gelegenen Theologischen Hochschule eine Dozentur für Latein und Griechisch übernommen hatte. Es hatte sich nämlich in jener Zeit, zu Beginn der fünfziger Jahre, in unserer vom Mittelalter gezeichneten Stadt ein unverhofft frischer Wind erhoben. Die katholische Fakultät sollte so lange um profane Disziplinen erweitert werden, bis sich die Regensburger Wissenschaft für eine vierte Landesuniversität qualifiziert haben würde. Ein kämpferischer Geist lag in der Luft. Der Name der neuen Klassenkameradin verhieß Sieg. Veronika versäumte nicht, uns klarzumachen, daß ein Hochschullehrer für Klassische Sprachen etwas ganz anderes, viel Großartigeres und Vornehmeres sei als die hausbackenen Altphilologen, die uns mit dem winzigen Repertoire ihrer Texte traktierten. Nach einem halben Jahr starb der Vater und wurde auf dem Dechbettener Friedhof beerdigt. Sein theologischer Kollege sprach vom Mensch-Sein des Verstorbenen, von der bezwingenden Einfachheit seines Mensch-Seins. Ich verwendete das Wort erfolgreich in meinem nächsten Deutschaufsatz. Im Griechischunterricht lasen wir Platons *Phaidon,* den Dialog über die Unsterblichkeit der

Seele, aber das war nur eine Übersetzungsübung zur Vorbereitung auf das Abitur. Das griechische Wort in jenem einzig gültigen Sinn, den Veronika für den Beruf ihres Vaters in Anspruch nahm, hatte aufgehört unter uns zu wohnen. Bald verlief sich auch der Gedanke einer Universitätsgründung bis auf weiteres im Sand.

Familienanschluß

Der Graf Strachwitz verbrachte seine letzten Jahre nach einem unsteten Leben in Tölz. Er war Geistlicher und Schriftsteller, eine Zwitterpersönlichkeit, wie er sich selbst charakterisierte. Ein frommer, aber schwieriger Herr, der meinen Geschwistern und mir einen Sommer lang das Bridgespielen beizubringen sich bemühte – vergeblich. Er hatte Familienanschluß gesucht und war, warum nur, auf uns verfallen. Der Besitzer von Haus Königsdorf im Tölzer Badeteil hatte ein Erbe zu vergeben, wie hätte mein Vater nicht zugreifen sollen. Wieder einmal waren wir Kinder die Leidtragenden; statt zum Baden zu gehen oder unter den Kastanien Tischtennis zu spielen, mußten wir dem immer in rabenschwarzes Priestergewand Gehüllten, im Freien sofort außer Atem und in agonieartiges Schwitzen Geratenden in der dunklen, kühlen Jägerstube Gesellschaft leisten. Auch wurde ich als Hilfskraft herangezogen, wenn die im einundzwanzigsten Jahrgang erscheinenden *Briefe an Jedermann* verschickt wurden. Natürlich mußten wir die Messe besuchen, die Onkel Hubertus-Kraft jeden Morgen in der unserem Haus angebauten Kapelle mißmutigen Tonfalls zelebrierte. Meine längst abgeschlossene Vergangenheit als Ministrant des Benefiziaten, der mich nicht mochte, weil meine Ungeschicklichkeit seine knapp bemessene

Geduld strapazierte, holte mich wieder ein. Wie man sich in bösen Träumen nach dem Abitur auf die Schulbank zurückversetzt findet, mußte ich noch einmal in das zu kurz gewordene weiße Röckchen schlüpfen und das verblaßte rote Schultertuch anlegen. Und doch nahm ich alle Strapazen und Demütigungen willig auf mich. Denn der Mann war ein Dichter, ein drittrangiger zwar, aber der Autor von Romanen, die in richtigen, wenn auch obskuren Verlagen gedruckt worden waren. Dichter verfaßten Haupt- und Nebenwerke; auch der Neffe des weniger unbekannten Balladendichters Moritz von Strachwitz hatte ein Hauptwerk aufzuweisen: *Sidonia,* einen Familienroman. Er sagte und schrieb *Hülfe,* das klang nach Goethe. Und hatte nicht der Gründer des Tölzer Schriftstellervereins *Die Barke* unter Hunderten von Versen, die sogar ich mißraten fand, ein Gedicht geschrieben, in dem drei Gläser vorkamen, *hochgeschliffen,* die Abschiedsgabe einer geliebten Person an das Ich des Gedichts, in dessen *Bronzehänden* die Gläser eins nach dem anderen zu Bruch gingen. Den Schmerz darüber, der in fünf Strophen nach Worten und Reimen rang, spürte auch ich.

Dichter, die wahren, ließen sich nieder, lebten auf dem Land, auf Gutshöfen oder gar in Schlössern. Jeder in seiner Gegend. Ernst Wiechert bewohnte bei Wolfratshausen ein einsam gelegenes Anwesen, hinter dessen Hecke er sich, solange meine Kindheit dauerte, unauffindbar versteckt hielt. Was hatte er vor mir zu verbergen? Aber wir brauchten ihn nicht, wir hatten unseren eigenen Dichter. Er hieß Onkel Richard und widmete sich in dem feinen, kleinen Wasserschloß drunten an der Isar seinem Schaffen. Da niemand in unserer Familie dichtete, wir außerdem unsererseits Schloßbesitzer waren, legte er auf gute Nachbarschaft wert, die sich zum Kummer meines unliterarischen Vaters in häufigen Teebesuchen manifestierte. Nachdem Onkel Richard früh Witwer geworden war, hatte er sich beeilt, in die bayerische Aristokratie einzuheiraten. Da ging es denn nicht ohne den Vornamen Mady ab. Tante Mady, ausgemergelt und ein wenig gekrümmt, überragte ihn, der im Gefühl seiner Bedeutung gleichsam vor sich selbst strammzustehen pflegte, um Haupteslänge. Sie kam wenig zu Wort, blickte, auch wenn sie in das Teetischgelächter einstimmte, aus chronisch bekümmerten Augen und zeigte sich unermüdlich besorgt um das Wohlergehen des Gatten, der ihr beigebracht hatte, daß ein der Vollendung harrendes Werk auf die kompromißlose Opferfreudigkeit dienender Geschöpfe angewiesen sei.

Mit zehn, mit zwölf war ich zu jung für dieses Werk, mit fünfzehn, sechzehn zu alt. So weiß ich bis heute nicht, was in den Büchern zu lesen stand, die sich, in Leder gebunden, den Namen des Autors in goldenen Lettern verkündend, hinter Glas in Reichweite des barocken Schreibtisches reihten, der samt thronartigem Sessel ein mit gewundener Balustrade umgrenztes Hochplateau einnahm, zu dem drei Stufen emporführten. Es gab sie in schlichterer Ausführung auch bei uns, wo sie es allerdings nur zu einer Unterkunft in einem Speicherschrank gebracht hatten. Als ich mich für sie zu interessieren begann, erklärte man mir, sie seien *unpassend*. Auf dieses Wort stieß ich ärgerlich oft. Was aber sollte an einem Buch, das *Märztrieb, Ewiger Durst* oder *Venus und Maria* hieß, um Himmelswillen unpassend sein? Wir banden die Palmkätzchen zu kleinen Sträußen, um sie am Sonntag vor Ostern in der Messe weihen zu lassen; jeden Abend schlief ich mit einem Durst von brennender Unstillbarkeit ein; Venus leuchtete am Abendhimmel als schönster Stern, und Maria zu lieben, war, wie ich im Alt des Kinderchors versicherte, allzeit mein Sinn. Aber schon ein kleiner Bruch in der Stimme genügte, meinen Geist mit Hochmut zu füllen. Jemand in meiner Umgebung hatte ein Wort geflüstert, das eineinhalbtausend eng bedruckte Seiten schlagartig zuschanden machte. Das Wort lautete *Bahnhofsliteratur.* Was darunter zu verstehen sei? Man kaufe, hieß es, solche Bücher vor Antritt einer Reise und werfe sie nach der Lektüre aus dem Zugfenster. Ich ließ meine Finger davon, auf deren Sauberkeit ich neuerdings achtete.

Annette

Sie will uns sehen, aber nur kurz. Wir sind um vier Uhr im Boulevard Raspail, Hotel Cayré, zweiter Stock, ich habe einen Strauß Veilchen in der Hand, mag kein Rosenkavalier sein, werde erst in ein paar Tagen achtzehn, noch ist die Schwelle nicht überschritten. Sie empfängt uns auf einem Kanapee in unbequemer Haltung; mit dem Kapotthütchen haben wir gerechnet. Meine Mutter hat ein Jugendbildnis ihrer Mutter mitgebracht, das sie angespannt durch eine Lupe betrachtet. *Ah, ich erinnere mich genau, sie war schön, sehr schön, sie war gut, sie war naiv, sie hat geglaubt – ich habe nie geglaubt.* Meine Großeltern sind in keinen ihrer Romane eingegangen, schade; aber Onkel Dick Kühlmann wenigstens spielt eine Rolle im *Exemplar.* Er war *ein Schwan, wissen Sie, kein Albatros, aber ein Schwan.* Auf dem Flügel steht die Büste, die Georg Kolbe von ihr gemacht hat. *Sie ist sehr schön, nicht wahr, nur läßt sie sich leider nicht photographieren.* Nein, sie wird keine eigene Wohnung mehr beziehen, das rentiere sich nicht mehr. Aber sie wird zweimal im Jahr nach München kommen, *es ist ja dort acht Jahre nach dem Krieg alles genauso wie früher, ein Wunder. Und jetzt geht's, Kinder, wir sehen uns wieder, im Conti oder in Kreuth beim Herzog.* In ihren Adern rollte wittelsbachisches Blut.

Sartres Fenster

Im fünften Stock des Hauses 33 Rue du Dragon bewohnte Hubert von Ranke mit seiner Frau Josepha, Seppl genannt, ein einziges Mansardenzimmer. Mein Vater hegte eine tiefe Abneigung gegen jede Form bohemehafter Existenz, doch meine Mutter war außerstande, sich von einem Kindheitsfreund zu lösen. Hubert war der Ältere, der Alleskönner, der von Bewunderung Umschäumte gewesen. Ein wilder, zum Ungehorsam geborener Junge, den auch der Münchner Rübenwinter von 1917 nicht zu zähmen vermochte. Unbekümmertheit, ja Leichtsinn ergriffen von meiner Mutter Besitz, als wir uns weit genug aus dem Bannkreis der mittelalterlichen Stadt entfernt hatten, in der ich demnächst, um dann für immer fortzugehen, mein Abitur machen würde. Als der Zug Straßburg passiert hatte, sprach sie nur noch französisch. Wie schade, daß der Wortschatz des Taxifahrers in Paris so viel beschränkter war als ihr eigener. Schon am nächsten Tag eilten wir in die Rue du Dragon. Auf dem Tisch lag die Post mit einem Belegexemplar der *Neuen Zeitung*. Sogleich wurde anhand der Zeilen das zu erwartende Honorar errechnet. Vom strahlenden Helden war nichts mehr zu spüren; Hubert wirkte gehetzt und sorgenvoll. Eine Fazialislähmung gab dem Gesicht einen schmerzlichen Zug. In Deutschland, sagte er, hat man für eine solche Von-der-Hand-in-den-Mund-Schreiberei nur ein verächtliches Achselzucken übrig. Hier nennt man es respektvoll *vivre de sa plume*. Was soll ich klagen? Er überflog Drucksachen und Briefe, reichte ein Blatt seiner Frau: Von Hemingway, das heben wir auf. Richtig, der Freund meiner Mutter hatte im Spanischen Bürgerkrieg auf der Seite der Internationalen Brigaden gekämpft; mein Vater hatte es nicht erfahren dürfen. Hubert wollte mir das nächtliche Paris zeigen, wir verabredeten uns für den nächsten Abend um halbzehn. Unterwegs erzählte er mir aus der Kriegszeit in Savoyen, von der mit gespreizten Beinen dasitzenden, in einen groben langen Rock und eine Strickjacke gekleideten mürrischen Frau, die sich am offenen Kamin ihre bäuerlich festen Hände wärmte und ihn, der wie sie einer der Gäste in dem kleinen Schloß war, kaum wahrzunehmen schien. Beim Aufbruch aber forderte sie ihn dringlich auf, sie und ihre winzige Freundin Alice, die neben ihr stand, in Bilignin, einer Ortschaft des benachbarten Départements, zu besuchen. Sie habe ihm gleich angesehen, daß er für die Résistance arbeite. Es war Gertrude Stein, und sie wurde zur engsten Freundin der alsbald um ein Töchterchen vermehrten Familie. Hubert blieb stehen und wies auf ein kleines erleuchtetes Rechteck, hoch droben an einem zurückgesetzten, von dunklen Fassaden größtenteils verdeckten Gebäude. Hier wohnt Sartre, sagte er, er schreibt immer bis tief in die Nacht. Noch hatte ich keine Zeile von dem Mann gelesen, aber das helle Viereck drückte sich mit einem kurzen scharfen Schmerz in meine Stirn.

Lachen und Weinen

Wie jung sie war, die Ilse, und wie heiter, fast jungmädchenhaft – wir hockten auf Kissen am Boden in der von Gästen überfüllten Wohnung; Günter und meine Schwester waren dabei, wir machten uns über den Philosophen lustig, der mit gesenkter Stirn auf dem Biedermeiersofa saß. Was habt ihr nur immer zu kichern, sagte ein Vorübergehender mißtrauisch. In Lenggries besuchte ich sie mit dem Rad, Günter war aufs Brauneck gestiegen, ich ging mit Ilse ins Schwimmbad. Die Badehose hatte ich schon zuhause angezogen, sicherheitshalber. Ich schwamm, dann saßen wir in der Augustsonne, der kürzlich geborene Clemens schlief im Wägelchen. Als ich aufbrach, streifte ich die Leinenhose über die nasse Badehose, es entstand hinten ein großer Wasserfleck, der über dem Fahrradsattel sichtbar wurde, Ilse lachte hinter mir her. Am Chiemsee in Breitbrunn, das muß vorher gewesen sein, die beiden hielten es ja nirgends lange aus, war ich ihr Übernachtungsgast; Günter hatte mir alle Züge nach Prien mit Omnibusanschluß säuberlich auf einer Postkarte notiert, und daß sie gegenüber der Bäckerei Krug wohnten und leicht zu finden seien. Ein langer Abend zudritt. Ilse hatte etwas zum Essen zurechtgemacht, kalte Platte, sie war keine Köchin. Viel später schrieb sie eine Geschichte, in der neben Kleist, Moos und Fasanen die Küche ihrer Großmutter vorkam, ein Ort der Freude in einer freudlosen Welt. Damals in Breitbrunn sprachen wir über Stifter. Ich hatte den *Witiko* nächtlings am Regensburger Küchentisch gelesen. Günter hatte alle Gedichte von Rückert gelesen, es waren Tausende, aber wenig Haltbares gefunden. Auch von Eichendorff blieben, wenn man sich einmal zum Sieben entschlossen habe, nur ein paar Dutzend Verse übrig. Als ich Günter wiedersah, hatte er sich einen struppigen Bart wachsen lassen, wollte von Eichendorff und Rückert nichts wissen, ebenso wenig von seinen eigenen früheren Gedichten; die *Botschaften des Regens* waren unentzifferbar geworden. Auch gab es nichts mehr zu lachen. Sohn Clemens, erzählte er bedrückt, war auf dem Marktplatz der oberbayerischen Kleinstadt, deren Gymnasium er besuchte, am hellichten Vormittag splitternackt in den Brunnen gesprungen, das Abitur war gefährdet. Günter hatte nur noch wenige Jahre zu leben, verkroch sich zu seinen Maulwürfen. Wenn Ilse auftritt und ihre Gedichte vorliest, kommen mir schon bei den ersten Worten die Tränen, unaufhaltsam.

Todesanzeige

Jean Rouvier gehörte zur Münchner Kulturszene der fünfziger Jahre, er kannte jeden, jeder kannte ihn. Als Kulturattaché beim Französischen Generalkonsulat war er bei Premieren und Vernissagen, in Konzerten und literarischen Salons allgegenwärtig. Vornehmlich ältere Damen bezauberte er mit seinem stets auf Hochtouren laufenden Enthusiasmus für aktuelle Sensationen im ästhetischen Universum. Er wohnte in der Ottostraße, in jenem weitläufigen grüngestrichenen Nachkriegsgebäude, in dem beinahe alle als Mieter, Teegäste oder Patienten kunstsinniger Ärzte aus- und eingingen, die seinerzeit, wenn nicht das Sagen, so doch etwas zu sagen hatten. Wie nahe lag die Sophienstraße, in der Annette Kolbs Roman *Die Schaukel* spielt; die bejahrte Dichterin residierte, wenn sie sich nicht in Paris aufhielt, gleich um die Ecke in einem Appartement des *Continental*.

Auch ich war bei dem liebenswürdigen Herrn eingeladen, zusammen mit der resoluten Frau eines ehemaligen bayerischen Kultusministers, was meine Mutter beruhigte. Der Name von Jean Rouvier steht hier nur, weil mir unlängst seine Todesanzeige aus einem Buch entgegenfiel, die ich vor fünfunddreißig Jahren ausgeschnitten haben muß. Schon damals war er längst aus meinem Gesichtskreis verschwunden – ein auf der Strecke Gebliebener, zusammen mit wie vielen mir Näherstehenden, ohne deren Gegenwart mir das Leben irgendwann einmal schal vorgekommen wäre und die doch keine Todesanzeige in meinen Papieren hinterlassen haben. Wir hatten uns, allen wortreichen wie unausgesprochenen Beteuerungen zum Trotz, eines nicht mehr zu ermittelnden Tages einfach aus den Augen verloren. Wenn man sich ausnahmsweise, unter Mitwissern, eines von ihnen erinnerte, seiner blutwarmen Lebendigkeit gedachte in der Asche einer weitgehend verbrannten Erde, ergab sich wohl auch die Frage nach seinem Verbleib. Dann besann sich einer auf das ungefähre Geburtsjahr des Betreffenden, ein fast immer tödliches Datum. Daß der oder die im großzügig angesetzten Normalfall nicht mehr am Leben sein könne, war das einzige, was sich über die einst so vertraute Person mit Sicherheit sagen ließ.

Zwei Orte

Zwei Orte nur, wo jenes Unsterblichkeitsgefühl sich einstellen wollte, dem ich, als ich noch nicht im Sterben lag, beharrlich auf der Spur war: das Theater, die Bibliothek. Dabei sind wir nirgends enger vom Tod umzingelt als im Bannkreis des Dionysos oder zwischen den Wänden voll von Büchern, deren Verfasser nahezu ausnahmslos verfault oder verbrannt sind. Könnten sie für einen Augenblick wiederkehren, so würden sie, falls sie nicht ihre Autorschaft abstritten, jeden Satz, den sie geschrieben haben, widerrufen. Dennoch scheint der Nachmittag in dem mit anderen Versunkenen geteilten Raum endlos zu sein, und das Glockenzeichen, das die in wenigen Minuten fällige Schließung verkündet, weckt uns aus einem tausendjährigen Traum. Im engen Lichtkreis der Leselampe war man zugleich ganz bei sich und ganz von sich erlöst. Jetzt wandelte man wieder auf Erden, erfuhr das *Daseyn* wieder als *ein stetes Hinstürzen der Gegenwart in die todte Vergangenheit,* wurde zum Traum-Ich, das sich im Schein der Straßenlaternen, in dem die Schneeflocken wirbelten, rasch abhanden kam. Gerade noch war mir die Kraft verblieben, meine Schritte in Richtung des erst zwei Jahre alten, von der Staatsbibliothek in der Ludwigstraße nur zehn Minuten entfernten Residenztheaters zu lenken. Die Vorstellung würde sogleich beginnen. Schon wurden die Studentenkarten für eine Mark ausgegeben; ich stand am Ende einer hoffnungslos langen Schlange. Da kommt ein Herr vorbei mit einer Karte zwischen Zeige- und Mittelfinger, steckt sie mir mit den Worten *Die kannst du haben* zu und ist schon verschwunden, ehe ich mich bedanken kann. Er hat mich erwählt, der Gott der Verwandlung in unauffälliger Maske. Erste Reihe, nicht ganz in der Mitte, so daß man nicht vor dem Souffleurkasten sitzt. Ich will nichts darüber hinaus, kein Zusatzglück, mein Vorrat an Wünschen ist erschöpft. Gespielt wird Gogols *Heiratskomödie*, ein unverbrauchtes Stück, Ernst Ginsberg in der Rolle des Podkoljóssin, laß dich überraschen. Noch ist der Vorhang geschlossen. Noch bin ich zwanzig, niemandem und nichts verpflichtet, die Heirat liegt hinter den sieben Bergen, mein Schneewittchen kann warten, es weiß nichts von Zeit in seinem gläsernen Sarg, und der Tod ist nur eine Täuschung.

Heimkehr

Das Zimmer lag unter dem Dach des Hauses, in dessen erstem Stock die von mir ein paar Jahre zuvor leichtsinnigerweise verlassene Familie wohnte. Der Oberstock war nicht zum Wohnen bestimmt. Um einen breiten Vorplatz, dessen vorderer Teil von einem quadratischen, durch ein schnörkeliges Geländer abgesicherten Lichtschacht beherrscht war, während der hintere als Wäscheboden diente, gruppierten sich mehrere Kammern. Sie waren mit dem üblichen Hausrat angefüllt gewesen: Kisten und Kasten, zerschlissenen Matratzen, blinden Spiegeln, Schlüsseln, die in keine Schlösser mehr paßten, Pappschachteln voller Schulhefte, Briefe, Zeitungen; mein Vater hatte sämtliche Nummern der *Münchner Neuesten Nachrichten* mit den Reportagen von den Olympischen Spielen aus dem glorreichen Jahr 1936 aufgehoben – glorreich, weil ein Mitglied der Städtischen Turnerschaft, der auch der Vater angehörte, eine Medaille erobert hatte; ich nahm an, es war Bronce. Laßt uns in Frieden, sagten die Dinge zu den Menschen, die sich nur alle heiligen Zeiten zu ihnen verirrten, etwa wenn die Puppenküche meiner Schwestern oder mein Kaufladen mit den unverkäuflichen Waren geholt werden mußten, weil das Christkind keine Lust hatte, sich in dem staubigen Durcheinander eigenhändig zu betätigen. Am Tag nach Dreikönig wurden die Sachen zurückgebracht; die Ruhe war wiederhergestellt. Eines unheiligen Tages aber war es mit dem Waffenstillstand vorbei. Die Inhalte der Bodenkammern wurden gezwungen, sich in eine einzige zurückzuziehen. Wieder war Krieg zwischen Dingen und Menschen. Bei diesen hatte man es mit Flüchtlingen zu tun, die nichts als ein Dach über dem Kopf haben wollten.

Wenn die Wäschemangel von dem auf ein einziges Mädchen zusammengeschrumpften Personal bedient wurde, fand ich, dreizehnjährig, mich ein, um an der Kurbel meine Kräfte zu messen. Hinter der Tür gegenüber wohnte seit Jahren eine Uralte, die durch ein Krebsleiden bettlägerig geworden war. Ihr Lebenselixier hieß Morphium. Wand die Frau sich in Qualen oder wiegte die Droge sie in seligen Träumen? Ich sah sie nur einmal: wie sie, in einem rosafarbenen Morgenmantel, von dem die Fetzen hingen, ihrer Hölle oder ihrem Himmel entgegenschlurfte, schwarzen Gesichts. Die Tür stand eine Handbreit offen, ein atemraubender Gestank drang aus dem Innern. Die Schwarzgesichtige war die Mutter einer wasserstoffblonden Schauspielerin, die das Zimmer vor ihr, in der allerersten Nachkriegszeit, bewohnt hatte. Sie war mit der Flüchtlingswoge in das Haus geschwemmt worden und mit einem CIC-Offizier liiert, der bei ihr zu übernachten pflegte. In der trotz Sprengung der Steinernen Brücke eroberten Stadt übte er eine kulturelle Kontrollfunktion aus. So wurde sein Flittchen zum Gretchen. Für mein Leben gern hätte ich Anita in dieser Rolle bewundert, aber der elterliche Bannstrahl, der schon die *Fledermaus* getroffen hatte, machte auch vor dem *Urfaust* nicht halt. Wie zum Ersatz erbot sich der Amerikaner, ein gutmütig dicklicher Bursche, mir, den er im Dunstkreis der Wäschemangel kennengelernt hatte, Unterricht in Jiu-Jitsu zu erteilen, ein Ansinnen, das dem Angehörigen der Besatzungsmacht ebenso wenig abgeschlagen werden konnte wie die Befriedigung des Bedürfnisses, mit der Schauspielerin seine Nächte zu verbringen. An zwei oder drei Nachmittagen diente eine zwischen der Wäschemangel und der Tür des sündigen Zimmers aufgelegte Matte – sie hatte sich tatsächlich im Wust der noch verbliebenen Bodenkammer gefunden – der Realisierung des gymnastischen Vorhabens. Der Sieger ging absolut korrekt zu Werk, und sein Schüler hätte weniger martialisch und zugleich erfolgreicher als die Generation der gefallenen oder gefangenen Väter zu kämpfen gelernt, wenn die sanften, aber unwiderstehlichen Griffe, mit denen mich Peter, dessen Namen man englisch aussprach, zu Boden warf, meinen ungelenken Gliedmaßen beizubringen gewesen wären. Sie waren es nicht, und die Ertüchtigung verlief sich im Sand der Säcke, die aus den Zeiten drohender Brandbomben im Hintergrund des Wäschebodens lagerten. Der junge Mann mußte seine überschüssige Kraft anderswo verausgaben; er inszenierte im Stadttheater das *Lied der Taube* eines gewissen John van Druten; natürlich war die Hauptrolle mit der Geliebten besetzt. Ich beneidete die Eltern, denen Peter Karten für die Premiere geschenkt hatte, während diese sich nur widerwillig ihrem Kapitulierten-Schicksal fügten und mich am Abend nach ihrer Rückkehr mit der Versicherung trösteten, das Stück sei außerordentlich langweilig gewesen, da nur drei Personen darin vorkämen. Es wurde denn auch nach wenigen Aufführungen abgesetzt. Peter ward nur noch selten gesehen, dann gar nicht mehr, das Lied der Taube war verstummt. Die Schauspielerin überließ das Zimmer ihrer kranken Mutter. Als ich einzog, erinnerte es sich weder an seine morphinistische noch an die von nächtlichen Turnübungen verklärte Vergangenheit, wie es sich auch, das war mir von Anfang an klar, an seine nunmehr asketische nicht erinnern würde.

Zehn Jahre waren ins Land gegangen, das, mit den Befreiern auf Gedeih und Verderb gemeinsame Sache machend, seine Souveränität zurückgewonnen hatte. Richard Wagner war mit den Meistersingern im Triumph auf die Bühne des Hauses am Bismarckplatz zurückgekehrt, und ich hatte es auch ohne Jiu-Jitsu geschafft, zum Mann zu werden. Ich hatte in der Landeshauptstadt studiert, nur noch wenige Monate trennten mich von meinem Examen. Ich war heimgekehrt. Das Bett, eine der Bodenkammer entrissene Kommode, deren Schubladen beim Herausziehen ächzten, ein schwarzgestrichener Tisch, zwei ungepolsterte Stühle und ein Plattenspieler waren das Mobiliar. Den Tisch hatte ich unter das einzige Fenster gerückt, das auf die verkehrsreiche Straße ging. Es hatte die Maße eines schmalen Rechtecks. Wenn man von der gegenüberliegenden Seite nach oben schaute, sah man nur einen Schlitz: ein Morsezeichen in der Zeile der gleichförmigen Oberfenster. Meine Anwesenheit war der Teil einer Botschaft, die ich nicht kannte.

Wie bescheiden war ich geworden, wie demütig. Der März hatte gerade begonnen, ich stellte ein Wasserglas mit Palmkätzchen vors Fenster. Auf dem Tisch, an dem ich vor Zeiten meine Schulaufgaben gemacht hatte, damals, als ich noch drunten unter den Menschen lebte, lagen jetzt der Homer und der Sallust, eine lateinische Stilkunde, eine bilderreiche Geschichte der griechischen Plastik, die immer aufgeschlagen war, und eine mittelhochdeutsche Grammatik, die immer geschlossen blieb. Ich hatte ein minutengenaues Arbeitsprogramm entworfen und seine schriftliche Fixierung auf die Tischplatte geklebt. Eine Uhr brauchte ich nicht; vom nahen Justizpalast schlugen die Viertelstunden. Keine Mädchen mehr fürs erste, hatte ich mir geschworen, keine aufreibenden Passionen. Gelegentlich pfiff Klaus, der Freund, mich herunter; wir gingen ins Musikhaus Fritz am Neupfarrplatz und hörten Mozart-Klavierkonzerte; niemand spielte sie schöner als Clara Haskil. Auch abends noch spät, wenn ich wieder über meinen Texten hockte, die sich nur am Morgen öffnen wollten, bei Dunkelheit sich igelgleich zusammenzogen, ertönte der Pfiff, ich war wieder ein Schüler, der sich mit seinem Kumpan ins Wirtshaus fortstahl, das Bier beim Kneitinger war das beste der Stadt.

Auf ein Glas Wein

Fünfzehnjährig hatte ich 1950 in den Münchner Kammerspielen den von Hans Schweikart inszenierten *Starken Stamm* gesehen. Ich konnte mein Glück kaum fassen, daß ich Liesl Karlstadt, eine seit Kindertagen für mich, den Valentin-Besessenen, mythische Figur, leibhaftig vor Augen haben würde. Und wie erschauerte ich, als sie nach der Aufführung an meiner Mutter und mir, die wir am Bühneneingang warteten, behaglich watschelnden Gangs vorüberkam. Elf Jahre später war ich, frischgebackener Lehrer am Ingolstädter Gymnasium, bei Marieluise Fleißer *auf ein Glas Wein* eingeladen und knüpfte an diese frühe Theatererinnerung an. Ach, sagte sie wegwerfend, die Karlstadt war ja ein Unglück für das Stück, die konnte doch keine Balbina spielen. Aber die Giehse hatte Herzprobleme gehabt und die Rolle leider Gottes nach wenigen Vorstellungen abgeben müssen.

Ein Verleger hatte mir vom frühen Ruhm der Dichterin erzählt, den langen Jahren ihres Verfemtseins, des Gefangenenlebens an der Seite des Tabakgroßhändlers Bepp Haindl, den Nervenzusammenbrüchen. Die Rede war von einem unaufgeführten, unaufführbaren historischen Drama *Karl Stuart* und einem unfertigen Prosaband, den er herausbringen wollte; sie sei aber nur schwer zum Schreiben zu bewegen.

Dreimal verbrachte ich einen langen Abend bei der damals fast vergessenen Autorin in der ihrem Namen so wenig Ehre machenden Roseneckstraße. Ich erinnere mich an einen schlauchartigen Korridor und ein kahles Zimmer. Wir saßen an einem zu großen Tisch, auf dem nur die Weinflasche und zwei Gläser standen. Sie erzählte erwartungsgemäß von Brecht, der damals, im Jahr des Mauerbaus, in keinem bayerischen Lesebuch stand. Und dann von ihrer Lektüre. Sie legte mir die Bücher von Joachim Maass ans Herz, ging sie einzeln durch. Auch empfahl sie mir nachdrücklich, Saul Bellow zu lesen. Ich habe weder den einen noch den anderen Ratschlag befolgt. Ins Tagebuch schrieb ich: Sie liest, indem sie den Autor von allen Seiten einkreist, bis sie ihn zur Strecke gebracht hat. Meinen Haupteindruck notierte ich nicht: die Einsamkeit, die sich wie ein Schwamm in den Boden, die Wände, die Möbel hineingefressen hatte und die Bewohnerin undurchdringlich einschloß. Ihre Wiederentdeckung lag in nicht zu erahnender Ferne.

Zum sechzigsten Geburtstag, der ihr den neueingerichteten Ingolstädter Kunstförderpreis einbrachte, schickte ich Rosen. Sie habe mich, schrieb sie, schon längst wieder einladen wollen, aber sie stecke bis über beide Ohren in Arbeit. Daraus wurde *Avantgarde*, der Band Erzählungen, der 1963 erschien. Es war ihre erste Veröffentlichung seit Beginn der Nazizeit. Ging es aufwärts? In der *Zeit* las ich ein Jahr später einen gnadenlosen Verriß, dessen Verfasserin die Gelegenheit benutzte, die Existenz der *Dame aus Ingolstadt*, als die sie im

Untertitel figurierte, gleich mitzuvernichten. Die hatte große Hoffnungen auf das Buch gesetzt, erwartete sich einen neuen Durchbruch. Aber die Hälfte der kleinen Auflage blieb liegen. Als ich wieder in München lebte, sah ich die Fleißer mit der Giehse an einem Tisch im *Roma* beim Mittagessen sitzen. Die Schauspielerin, die gleich um die Ecke wohnte, hatte, so nahm ich an, die Stückeschreiberein dorthin bestellt. Es kam mir vor, als ob eine russische Fürstin die demütigste ihrer Dienstmägde in einem Anfall von unbegreiflicher Großmut zur Tafel gebeten hätte.

Lethe

Ingolstadt noch einmal. Ich bin es nicht mehr, die Stadt ist kaum wiederzuerkennen. Das Café, das wahrscheinlich schon mein Vater während seiner Ingolstädter Pionierzeit frequentiert hatte, fiel dem vom *Donaukurier* triumphierend verkündeten Fortschritt zum Opfer. Damals schien es ein unzerstörbares Bollwerk zu sein. So hatte ich mich in dem im ersten Stock des Kürzinger-Hauses gelegenen Raum verschanzt, unweit von Marieluises trostloser Wohnung. Die Berichte über den Brühne-Prozeß nahmen den Geschmack der täglich verzehrten russischen Eier an, auch die Radiomeldung von der Ermordung des amerikanischen Präsidenten ließ ich mir auf der Zunge zergehen. *Wir alle sind durch John F. Kennedys Tod ärmer geworden,* würde das Abituraufsatzthema dieses Jahres lauten, von gläubigen Lehrern formuliert und gläubigen Schülern vorgelegt.

Am frisch gestrichenen Canisius-Konvikt vorbei, wo meine Schüler teils unfaßbar langsam, teils in unheimlicher Schnelligkeit heranwuchsen, zur Asamkirche mit ihrer von Gold und Edelsteinen funkelnden Monstranz. Don Juan d'Austrias Sieg bei Lepanto über die Türken machte strahlend offenbar, daß der Gott der Geschichte auf Seiten des christlichen Abendlandes stand. Die Dankgottesdienste zum Schuljahrsende stiegen wie

Abels Opferflamme geradewegs zum Himmel, der an die Decke gemalt war, Höhe vorspiegelnd, wo nur Fläche war, ein Jenseits verheißend, das auf Augentäuschung beruhte.

Maria de Victoria heißt die Kirche, der Feldmarschall der katholischen Liga hatte mit Hilfe der heiligen Jungfrau die Schlacht am Weißen Berg gewonnen. Zwölf Jahre später ging zwar Graf Tilly einen Steinwurf von hier elend am Wundbrand zugrunde, aber dem Schwedenkönig gelang es trotzdem nicht, die Festung einzunehmen. Hatte doch schon hundert Jahre zuvor der an der Hohen Schule lehrende Theologe Johannes Eck dem abtrünnigen Doktor auf der Leipziger Pleißenburg so gründlich heimgeleuchtet, daß die Gegenreformation unverzüglich ans Werk gehen konnte. Lauter Siege.

Lauter Niederlagen. Krumm ist der Lauf der Zeit. Im Münster zur Schönen Unserer Lieben Frau wird eine Toccata von Bach gespielt. Tilly kam nicht in den Himmel: Eine kopftuchbewehrte Türkin geht an der halboffenen Tür von Maria de Victoria vorüber, ohne das Innere eines Blickes zu würdigen. Und in der Proviantstraße ist kein Stein auf dem andern geblieben. Gegenüber meiner Mansarde, die sich irgendwo zwischen dem ersten und zweiten Stock des gläsernen Neubaus befunden haben muß, lag der Hof eines Stadtbauern, das Muhen der Kühe, das zum Schmerzgebrüll wurde, wenn wieder einmal dem Muttertier das Kälbchen weggenommen worden war, drang in meinen Traum, erfüllte mein wehrloses Schlaf-Ohr mit dem unaufhebbaren Leiden der

Kreatur. Die Schule aus Beton, die heute den Platz einnimmt, wird den Erdbeben, die kommen werden, standhalten. Die Augustinerkirche hielt nicht einmal dem einminütigen Fliegerangriff vom 9. April 1945 stand. Alle zweiundsiebzig Personen, Patres, Schwestern, Schüler, Hausmädchen, Passanten und Flüchtlinge aus Pommern, die im Luftschutzkeller unter dem Hochaltar Zuflucht gesucht hatten, mußten dran glauben. Lethe nannten die Griechen, die in meinem Gymnasium das Sagen hatten, es nun schon lange nicht mehr haben, den Fluß, der hierzulande Donau heißt.

Entlastungszeuge

Joachim Moras war am 25. März 1961 gestorben. Drei Tage später traf ich bei einer Aufführung des *Michael Kramer* im Residenztheater während der Pause Herrn de le Roi. Er hatte am Nachmittag bei der Beerdigung auf dem häßlichen, aber durch den *Tod in Venedig* in den obersten Rang literarischer Denkmäler erhobenen Nordfriedhof gesprochen. Nun erzählte er mir, er habe noch am Tag nach dem Tod von Moras einen Brief von seiner Hand bekommen. Auch ich hätte der Empfänger eines solchen Schreibens sein können, das sich mit meinem letzten an den *Merkur* eingesandten Manuskript in der gewohnten eingehenden Weise beschäftigt hätte.

Die Begegnung mit de le Roi wirkte auf mich eigentümlich erleichternd. Der alte Herr befand sich in Gesellschaft von zwei jungen Frauen, mit denen er, wie ich von ferne zu sehen glaubte, angeregt, ja heiter plauderte. Auch in dem kurzen Gespräch, das wir dann hatten, kam mir der Mann ausgeglichen, wohlgesetzt, ja wohlgemut vor. Michael Kramer verkündete, der Tod sei die mildeste Form des Lebens, der ewigen Liebe Meisterstück. Das war leider nur Poesie, also nicht wörtlich, nicht wahrhaft ernst zu nehmen. Wenn aber Herr de le Roi am Abend des Tages der Beerdigung von Joachim Moras, den er doch viel besser gekannt hatte als ich, einen so gefaßten und gewissermaßen alltäglichen Eindruck machte, als wäre gar nichts Besonderes geschehen, dann durfte ich mir eine tiefere Erschütterung angesichts des aktuellen Todesfalls wohl ersparen. Ein Älterer nahm mir, wenn nicht die Trauer, so doch den Schrecken ab – ich brauchte den Geborgenheitsort auf dem Festland der Kindheit, den ich noch immer bewohnte, nicht zu räumen.

Stundenplan

Schüler wünschen, unterrichtet zu werden. Wohltätigkeit des Stundenplans, der Verfügungen, der vereinbarten Zeichen. Schönheit des Schemas: Form, die nach Inhalt ruft. Herstellung des Zusammenhangs, Rechenschaftsablage, Besprechung der Hausaufgabe, Neudurchnahme – die Proportionen stimmen, die Glieder drehen sich leicht und frei in den Gelenken; auch hier wirkt das verborgene Gesetz des Goldenen Schnitts.

Glück des Dabeiseins, des Dazugehörens. Mein Parkplatz, mein Fach im Lehrerzimmer, meine Sprechstunde. «Ich komme gleich!» Welche Genugtuung, beansprucht zu sein. Dabei hatte man geglaubt, man würde es nie zum Erwachsenen bringen. Eine Stunde pro Woche hat jeder Lehrer sich bereitzuhalten, falls ein Kollege krank wird und vertreten werden muß. Sie heißt *Präsenz.* Wer hat heute Präsenz? Ich.

Stunden, die nicht gezählt werden. Zweifel kann ich mir nicht leisten. Die Sorge um das Nächstliegende läßt den Tod vergessen. Zwischen den Unendlichkeiten draußen und drinnen, den Eiszeiten vor uns und nach uns, den Milliarden von Galaxien und Gehirnzellen der freundliche grüne Streifen Alltag: Luft und Licht des Gewohnten, die Worte hin und her.

Sechzehn Jahre

Um die Ulrichskirche konnte man an Sonntagvormittagen, wenn der Verkehr nicht durch die Agnes-Bernauer-Straße dröhnte, einen Rest von Dörflichkeit spüren; auch Laim war für die Münchner einmal wie das nahe Holzapfelkreuth ein ländliches Ausflugsziel gewesen. Schräg gegenüber der Eigentumswohnung, die ich im heißen Sommer neunzehnhundertachtundsechzig bezog, lag das *Laimer Schlößl,* das eher wie ein unaufdringliches Kavaliershaus aussah. Meine Mutter glaubte sich zu erinnern, hier einmal den Kunsthistoriker Franz Roh und seine Frau besucht zu haben; Hilde war eine Freundin aus ihrer Krankengymnastikzeit. Sie hatte den Rohs das Photo geschickt, auf dem sie mit ihrem ersten Kind zu sehen war, und er bedankte sich mit seinem Buch über *Holländische Malerei.* Im Begleitbrief stand, er habe das Photo *Weltliche Madonna* getauft. Dann war ich also ein weltliches Christkind. Lebte ich deswegen allein in meiner Zweizimmerwohnung? Über mir hatte ein Witwer Zuflucht gefunden; er hatte an der Pädagogischen Hochschule in Pasing viele Generationen von Volksschullehrern musikalisch ausgebildet und hieß Hilarius Hautz. Schon in den ersten Tagen nach unser beider Einzug in das noch nicht ganz fertige Haus sprach er bei mir vor, um mich zu fragen, zu welcher Tageszeit sein Klavierspiel am wenigsten störe. Sechzehn Jahre begleitete er meine Spätnachmittagsstunden mit Barkarolen, Walzern, Polonaisen, Mazurken von Chopin, ich wurde, während ich, statt eine Roman-Tetralogie zu schreiben, Berge von korrekturbedürftigen Schüleraufsätzen abtrug, zum führenden Chopin-Experten Laims. Ein als *letztes öffentliches Auftreten* des Achtundachtzigjährigen etikettierter Klavierabend mündete dann aber nicht in die geisterhafte Melancholie des Nocturne, das die vorletzte Stelle auf dem Programmzettel einnahm, sondern in den hohlen Freudendonner der Lisztschen *Tarantella di bravura*. Zum Jubel bestand, bei Licht besehen, kein Anlaß, aber der mit ehemaligen Schülern nahezu gefüllte Sophiensaal ließ es an Düsternis nicht fehlen. Die Wohnung über mir, in der ich gelegentlich zum Tee eingeladen war, wirkte hell und freundlich, konnte aber ihren Charakter als Endstation nicht verleugnen. In der benachbarten Wohnung lebte die Witwe eines Bankdirektors, die eines Nachts um Hilfe rief. Ich klingelte die Hausmeisterin aus dem Schlaf. Sie hatte einen Schlüssel, und gemeinsam hoben wir die Dame, die sich schwer machte und deren Fußnägel rot lackiert waren, zurück ins Bett. Die Hausmeisterin beging die Unvorsichtigkeit, ihr eine Trillerpfeife auf den Nachttisch zu legen – für den Fall des Falles. Frau W. machte schon in einer der nächsten Nächte von dem durchdringenden Instrument Gebrauch, ohne daß, wie sich sogleich herausstellte, Hilfe nötig gewesen wäre. Sie hatte nur schlecht geträumt. Die warmherzige Hausmeisterin folgte dennoch viele Nächte reflexartig dem schrillen Ohrenreiz, bis dieser durch unaufhörliche Wiederholung stumpf wurde und nur noch unseren Schlaf störte. Die Pfeife verstummte. Frau W. lag immer noch geschminkt, aber tot in ihrem Bett. Ich hatte meine Wohnung nie als Zielort angesehen, noch war ich nicht an meiner Küste angekommen, ich wollte fort. Keine Kalypso, keine Dido hielt mich zurück. Ein flüchtiger, aber sehr intensiver Augenblick von Glück, schrieb ich mit Angabe des Datums und der Stunde an den Rand einer Seite im ersten Band der Briefe von Walter Benjamin, man kann es bittesehr nachlesen.

Unverletzt

Fünfundsechzig Kinder, die jüngsten fünf, die ältesten zwölf, füllen ein behäbiges weißes, um die vorletzte Jahrhundertwende errichtetes Haus, schon für Kinder gebaut, immer von Kindern bewohnt. Siebzigjährige kehren zurück und erinnern sich: Hier spielten wir Räuber und Prinzessin, hier tanzten wir als Indianer ums Feuer im Sommer 1910. Ein Vierteljahrhundert später zog schneidiger Pfadfindergeist ein, Hitlerjugend trat zum Morgenappell an, der Ackerboden roch nach Scholle, die Voralpenlandschaft wurde zum Kriegsschauplatz.

Was wissen die Kinder, die hier drei Ferienwochen verbringen, von denen, die vorher da waren? Kein noch so flüchtiger Gedanke streift das Gewesene. Auch das Haus erinnert sich kaum. Gutmütig, gelassen, eine alt und vergeßlich gewordene Kinderfrau, spielt es das Spiel der ewigen Gegenwart mit, tut so, als sei es beim Kommen der Jungen und Mädchen eigens für sie aus dem Boden gewachsen und versinke wieder nach ihrem Abzug. Nur die Treppen erzählen von der Vergangenheit, ihre Abgetretenheit, ihr Altersaroma; nie gehen ja Kinder mit normalen Schritten über Treppen, sondern jagen über sie hin, sausen auf dem Geländer in die Tiefe, schleppen sich quengelnd nach oben.

Das nächste Dorf liegt eineinhalb Kilometer entfernt;

das Gebäude steht für sich in einem großen Garten, durch den Zaun führen offene Tore in einen hochstämmigen Wald, der etwa so alt ist wie das Haus, dann kommt eine weite Wiese, zu deren Rechten sich ein rostgoldenes Maisfeld ausdehnt. Wenn die Kinder aus den Stauden, die sie kopfhoch überragen, wieder hervorkommen, schwingt jedes triumphierend einen Kolben in der Hand. Hinter der Wiese beginnt ein nicht endenwollender zweiter Wald mit Pilzkolonien, Himbeerschlägen, Rehfutterstellen und einem verwilderten Steinbruch. Jede Lichtung hat ihren Hochsitz, meist sind es zwei oder drei, prachtvolle Holzburgen in luftiger Höhe; so viel Wild können diese Wälder gar nicht bergen, wie die Jäger hier schießen wollen, aber es sind auch niemals Jäger da. Dafür haben die Buben sich droben eingehäuselt. Die Landschaft gehört den Kindern, sie können stundenlang über die Hügel gehen, durchs Holz streifen, keiner kreuzt ihren Weg. Das ist ein Vogelbeerensommer, die roten Dolden drängen sich zwischen dem grünen Gezweig hervor. Und ein Eidechsensommer: In manchen Kästen, die neben den Betten im Schlafsaal stehen und eigentlich für die Wäsche bestimmt sind, ist die lebendige Beute untergebracht, versteckt in einem dichten Grasbüschel.

Die Natur scheint unverseucht, unverstümmelt, immer noch unerschöpfbar weit und reich. Mit ihr haben die Kinder bisher nur kümmerliche Erfahrungen sammeln können – an den unwirtlichsten Stellen der Großstadt aufgewachsen, in überfüllten Schulen wenig beachtet, viele in Sonderschulen abgeschoben. Sind sie stumpf, den elementaren Lebensquellen entfremdet? Nein, ihre prähistorische Nähe zu Pflanzen und Tieren ist unverletzt geblieben.

Marie-Luise

Die eine kam von oben, die andere von unten, die Baronin aus dem goldenen Breisgau, die Handwerkerstochter aus der Ingolstädter Kupferstraße, geboren im selben Jahr, im selben Jahr gestorben, man sollte der Kaschnitz und der Fleißer ein gemeinsames Denkmal errichten, dem weiblichen Goethe und dem weiblichen Schiller ihres verflucht virilen Jahrhunderts. Aber weder von der einen will ich singen noch von der anderen, die ihre beiden Vornamen landläufigerweise in einen zusammenzog. Meine Marie-Luise schrieb keine Bücher, erntete keinen Ruhm, stand mit dünneren Beinen und schmaleren Füßen auf der kalten Erde als die beiden Dichterinnen, deren Werke sie an die Kunden ihrer Bücherei verlieh. Die lag in der Trabantenstadt, im ersten Stock eines häßlichen, mit öffentlichen Verkehrsmitteln nur schwer erreichbaren Gebäudes, dessen Ausstrahlung nicht weiter reichte als das Neonlicht der Lettern der Wienerwald-Gaststätte, die im Erdgeschoß untergebracht war. Marie-Luise Krull wurde ihrem Namen gerecht, sie war eine Hochstaplerin. Sie lud Deutschlands Dichter in ihr windiges Etablissement, die zornigen und die sanften, die anmaßenden und die scheuen, die gekrönten und die getretenen. Sie kamen alle und kamen immer wieder, Ilse Aichinger war viermal da, Martin Walser fünfmal. Auch die Kritiker auf ihren viel höheren Rössern eilten nach Fürstenried, das ausnehmend unfürstliche – das Schloß, in dem der schwachsinnige König sein sinnlos langes Leben verdämmert hatte, liegt auf der anderen Seite der Autobahn. Kein genius loci lockte. Es lockte lediglich Marie-Luise Krull, deren Begrüßungen dürr und stokkend ausfielen, die Gabe der Rede war ihr nicht vergönnt. Aber wen ihr Ruf erreichte, und wen erreichte er nicht, mußte ihm folgen. Sie trug keinen gefütterten Mantel, wenn sie an strengen Wintertagen durch die dunklen Korridore der Schulen ihres kulturellen Einzugsgebietes huschte, um vor Klassenzimmern Zettel zu befestigen, die ihre nächste Veranstaltung ankündigten, einen Vortrag über Benjamins Passagen-Werk, eine Lesung von Barbara Honigmann. Vor Morgengrauen war sie aufgestanden, ohne einen Mann an ihrer Seite zu wekken. Sie war der Inbegriff einer alleinstehenden Frau. Als ich sie zum letzten Mal sah, stützte sie sich auf Krücken. Sie war lang im Krankenhaus gewesen, aber jetzt geht es aufwärts, sagte sie.

Freispruch

Herr Kollege, kann ich Sie sprechen, geht es nach dem Unterricht oder auch morgen, es eilt nicht so sehr. Die Sprache tut harmlos, aber das Gesicht des Direktors ist ernst und verschlossen. Es ist also was. In der Klasse sind sie heute so unheimlich konzentriert, so heimtükkisch hellhörig. Da brauchen die Wände gar keine Ohren zu haben, trotzdem: Im Lautsprecher knackt es.

Wenn ich mich zur Tafel drehe, fallen sie mir mit ihrer Aufmerksamkeit in den Rücken. Ochs am Berg oder Mutter wieviel Schritte darf ich, schlagartig kehr ich mich ihnen zu, lauter Salzsäulen, sie halten den Atem an, schreiben mit, die Zunge im rechten Mundwinkel. Zu Hause wird das vorgezeigt: Hat er das wörtlich gesagt, jetzt kriegen wir ihn.

Die Angst schießt ins Kraut, es wird mir grün vor den Augen, schon wächst mir eine Geborgenheit zu im wuchernden Geschwür der Beschuldigungen. Da sind Sie ja, Herr Kollege, sagt der Direktor, wieder einmal eine Statistik, bitte helfen Sie mir. Freispruch aus Mangel an Verdacht. Keine Beschwerden, keine anonymen Anrufe; auch der Verfassungsschutz will nichts von mir wissen. Die Angst stößt mich ab wie einen Fremdkörper.

Wandertag

Gehen, gehen, als wüßte man, wohin es geht. Mag nicht vorne sein, listig lasse ich mich überholen. Nehmt mich auf, bettle ich, alles zwecklos, die Reihen dicht. Du weißt, wo du hingehörst. Wir folgen dir.

Pflanzen sind mir unbekannt, Höhenzüge lassen mich schwindeln, geologische Schichten verwechsele ich. Von mir könnt ihr nichts lernen. Fremde Gegend: Die großgeblumten Kleider der Mädchen machen die Landschaft zur Wüste. Die Jungen schleppen Funde an: Käfer, Schnecken, Schmetterlinge. Winzige Plaketten mit den lateinischen Namen kleben an den Panzern und Flügeln. Laßt das Ungeziefer frei, schlage ich vor, sammelt nur die Plaketten und steckt sie euch in Hose und Hemd, damit euer Wortschatz mit euch wächst. So ist euch und ihnen geholfen.

Ein Mohnfeld schlägt blutig über ihren Köpfen zusammen, Zukunft.

Ich habe nicht abgezählt, die Mengen wechseln. Wie alt seid ihr heut? Eine Panik bricht aus, sie stecken plötzlich alle in der Pubertät, es drängen so viele nach, daß es kein Zurück gibt. Wartet doch, brülle ich, laßt euch doch Zeit. Sie hören nicht, sind selber schuld.

Spurlos sind sie verschwunden, wurden nie mehr gesehn.

Nische

Das las ich auf einem Grabstein: *Qui numquam in curis consumpsit inanibus aevum / Franciscus Nerus clauditur hoc tumulo – Der niemals in nichtigen Sorgen sein Lebens verzehrte / Franciscus Nerus ist in diesem Grabe eingeschlossen.* Ich weiß nicht mehr, in welcher römischen Kirche ich diese Inschrift fand, erinnere mich nur an stundenlanges Wandern, an immergleiche dämmerdunkle Innenräume und rußgeschwärzte Vorhallen, ihre mit Gedenktafeln gepflasterten Wände.

Die Inschrift nahm ich zufällig wahr, aus Müdigkeit blieb mein Auge an ihr hängen. Daß sie in meinem Gedächtnis hängenblieb, lag an dem vermeintlichen Widerspruch zwischen der ersten und der zweiten Zeile, einem Leben, dessen Tage restlos ausgefüllt waren mit sinnvoller Tätigkeit, und dem untätigen Daliegen im Tode. Zwischen der selbstherrlichen Freiheit des Verfügens über die zugemessene Zeit und der ohnmächtigen Gefangenschaft im stehenden Nichts der Zeitlosigkeit gab es keine Vermittlung.

Aber was ich auf den ersten Blick als unversöhnlichen Gegensatz empfunden hatte, begriff ich auf den zweiten als zwei komplementäre Hälften, die so genau zusammenstimmten wie die klassischen Metren des Epigramms. Auch das hatte ich erst beim wiederholten Lesen bemerkt: daß es sich um ein Distichon handelte, aus Hexameter und Pentameter nach antiker Manier gefügt. Zwischen Form und Inhalt herrschte Gleichgewicht: Die Regeln der poetischen und der Lebens-Kunst entsprachen einander; was der Grabstein besiegelte, die Nische umschloß, war ein Ganzes. Wer seine Zeit nicht vertan, sondern als Gabe genutzt, als Acker bestellt hatte, der durfte am Ende das Zeitliche segnen, seine Tage gelassen und heiter beschließen.

Der Widerspruch steckte anderswo. Von jenem Zeitverstehen und Zeitbestehen führt kein Weg zu meinem Zeitvergehen. Das war einmal: geschlossener Raum, geschlossene Zeit. Die Polarität von Anfang und Ende, Zeit und Ewigkeit, Verheißung und Erfüllung, altem und neuem Bund, erstem und jüngstem Tag. Der farbenschöne Bogen zwischen Alpha und Omega, Geburt und Tod. Weltlauf, Lebenslauf, Jahreslauf, Tageslauf als gestufte Einheit. Der einzelne Tag ein Abbild des großen Lebenstages: im Teil das Ganze.

Franciscus Nerus, wir haben nichts miteinander zu schaffen.

Außer Haus

Verlasse ich das Haus, schon laufe ich in die verkehrte Richtung. Folglich habe ich es mir zum Grundsatz gemacht, sobald ich meinen Gang in der Gewalt habe, umzukehren. Diese Richtungsänderung ist mir längst dermaßen in Fleisch und Blut übergegangen, daß ich oft, nein immer, im Augenblick des Umkehrens unsicher bin, ob ich die Drehung schon vollzogen habe oder noch nicht. Soll ich also meinen Fehler korrigieren oder meine Korrektur rückgängig machen?

Ich weiß genau, wohin ich will, aber ich täusche mich immerzu in der Richtung. Gelegentlich könnte ich schwören, daß dieser Weg nur dahin führen kann, wohin ich denke, daß er führt, aber gerade diese Überzeugtheit ruft mein schärfstes Mißtrauen auf den Plan. So läßt mich kein Augenblick weniger zögern, die Richtung zu wechseln, als jener, in dem mich die absolute Gewißheit erfüllt, auf dem rechten Weg zu sein.

Vielleicht geht es allen Passanten so, die vor und hinter mir mit dem Rücken oder dem Gesicht zu mir ihres Weges eilen, plötzlich stehenbleiben und, wie mir in letzter Zeit immer mehr auffällt, häufig und scheinbar unmotiviert kehrtmachen. Aber natürlich würde nie jemand dem anderen seine Ratlosigkeit einzugestehen wagen. Man tut so, als habe man etwas vergessen oder einfach Lust bekommen, einen anderen Ort aufzusuchen.

Es hätte freilich auch keinen Sinn, die Scham zu überwinden und jemanden zu fragen. Der Gefragte würde mich entweder ermuntern, die Richtung, in der ich bereits unterwegs bin, beizubehalten, oder mir zureden, den Weg schleunigst zurückzugehen. Je entschiedener er das eine oder andere täte, um so klarer würde mir, daß es der falsche Rat ist. Aus Höflichkeit würde ich seinem ausgestreckten Arm folgen, dann aber, kaum wäre ich außer Sichtweite, sofort wieder umkehren.

Das Umkehren ist gewiß die größte Versuchung, die es gibt – wenigstens für mich. Da ich ihr immer zu erliegen fürchte, versuche ich ihr so starrsinnig als möglich zu widerstehen und die eingeschlagene Richtung beizubehalten. Da ich andrerseits aber allen Grund zur Vermutung habe, der Versuchung trotzdem schon erlegen zu sein, führt diese Geradlinigkeit mich wahrscheinlich erst recht von meinem Ziel ab.

Glücklicher Sokrates

Kurz nach dem Erwachen war ich weise. Im Anfang war das Wort, und das Wort war bei mir, man hatte es mir zugeflüstert. Ich kannte alle Märchen, die Weisheit der Zeiten und Völker füllte mein Ohr. Die Dichter neigten sich vor dem kindlichen König und brachten ihm ihre Gaben dar.

Ich empfing den Leib Christi. Täglich geschahen Wunder. Mit heller Stimme sang ich im Chor. Die Orgel jubelte unendlichen Dank. Dann sah ich auf dem Portal der Schottenkirche das Angsttier. Es sprang mich an, ich spürte den Hieb der Pranke an meiner Kehle. Mit dem Singen war es vorbei. Ich warf mich auf den steinernen Boden, flehte um Erbarmen, zündete Kerzen an vor Marienbildern. Ich wurde erhört.

Ich wurde nicht erhört. Meine Weisheit kam mir abhanden. Das mir gnadenlos eingetrichterte Wissen hat sie mir ausgetrieben. Glücklicher Sokrates, du weißt, daß du nichts weißt. Ich weiß nicht alles, aber ich weiß zu viel. Im Licht meines Wissens ist die Erde zur Größe eines Stecknadelkopfes zusammengeschrumpft. Meine Götter sind winzig geworden. Meine Toten haben sich zwischen Galaxien verloren. Die Zeiträume, die ich überblicke, erregen mir Schwindel. Zweitausend Jahre sind im Stundenbuch der Menschheit nur ein paar Sekunden.

Kein Verhältnis mehr zwischen Advent und Ankunft. Und wohin mit Himmel und Hölle?

Ich bin nicht mehr weise. Vor Krankheit, Tod, Katastrophen stehe ich mit leeren Händen. Das Alter hat mich nicht zur Gelassenheit erzogen. Ratlos geh ich hinab.

Ein Bruder

Und es schaut aus nächtigen Augen / Stille dich der Bruder an, daß er ruhe von dorniger Wanderschaft. Wer ist der Bruder, dessen dornige Wanderschaft im *Frieden des Mahls*, des Abend-Mahls, zur Ruhe kommt? Trakl hat seinen *Gesang des Abgeschiedenen* dem Freund Karl Borromäus Heinrich gewidmet. Auf diesen vergessenen Autor war ich durch die Bekanntschaft mit seinem Enkel gestoßen, hatte seine zwei vor knapp hundert Jahren erschienenen Romane gelesen, die Geschichte seiner in einem gar nicht leuchtenden München angesiedelten Jugend – der Schauplatz ist das über der Isar gelegene Haidhausen, da, wo es am ärmsten war.

Am 22. Juli 1884 in Hangenham bei Freising geboren – *Hangenham ist die Richtstätte gewesen, wohin die Freisinger Bischöfe ihre Verbrecher zum Hängen führten* –, somit drei Jahre älter als Trakl, wie eben Brüder, wenn es welche sind, älter zu sein haben, 1938 als spätberufener Mönch in Einsiedeln gestorben, gehörte Heinrich zum Innsbrucker Freundeskreis um Ludwig von Ficker und die expressionistische Zeitschrift *Der Brenner,* wo er 1913 *Briefe aus der Abgeschiedenheit* veröffentlichte; einer gilt der *Erscheinung Georg Trakls.* Dessen *Gesang des Abgeschiedenen,* Echo und Dank, stammt aus dem Todesjahr; er starb, wie wir alle wissen, am 3. November

1914 im Garnisonsspital Krakau an einer Kokainvergiftung.

Immer tiefer empfinde ich was der Brenner für mich bedeutet, schrieb er aus Salzburg an den Herausgeber, *Heimat und Zuflucht im Kreis einer edlen Menschlichkeit. Heimgesucht von unsäglichen Erschütterungen, von denen ich nicht weiß, ob sie mich zerstören oder vollenden wollen, zweifelnd an allem meinem Beginnen und im Angesicht einer lächerlich ungewissen Zukunft ...* Zwei Welten werden hier aufgerufen. Die eine ist die Salzburger Sphäre, das *verfluchte Geschlecht,* in dem Sexus und Genus sich vermischen, die zum Untergang verdammte und ihre Angehörigen verdammende Sippe, Inbild einer verlorenen Menschheit. Dagegen weisen die Zueignungen, die über den Gedichten stehen, auf eine zweite, hellere Heimat, eine zur verworfenen Menschheit kontrastierende Menschlichkeit. Dort der Eros, hier die Freundschaft, dort das Blut, hier der Geist, dort die Schwester, hier der Bruder. Auch er ist von Umnachtung bedroht (Trakl spricht von einem *Gefühl wilder Verzweiflung und des Grauens über* Heinrichs *chaotisches Dasein)*, doch wird er im Gedicht gerettet. Im *Gesang des Abgeschiedenen* hat die dornige Wanderschaft heimgefunden, die vom Schmerz versteinerte Schwelle ist überschritten.

Was hat diese Verwandlung bewirkt? Kein Glaube, keine Hoffnung, keine Offenbarung. Der Ort der Abgeschiedenheit ist nirgends außer im Gedicht. Nichts läßt sich daraus für das Leben und schon gar nichts für das

Sterben gewinnen. Trakls Ende war trostlos. Ich kann es bezeugen; denn ich reiste mit Herrn von Ficker nach Krakau, saß zwei Tage am Eisenbett des apathisch Daliegenden. *Sah mich nur an...* Wie könnte ich je diesen Blick vergessen?

Der Blick des Sterbenden widerrief die im Gedicht vorweggenommene Überwindung der Lebensqual. Kein Weg führt aus der beseelten Bläue der Strophe zurück in die grausame Wirklichkeit. Vom tödlichen Leiden des Ichseins erlöst kein Gedicht. Die Werke sind den Dichtern voraus um die nie einholbare Unendlichkeit, die den Angekommenen vom Wanderer trennt. Aber auch umgekehrt wird Literatur überholt durch ihre Verfasser, die den im Wort besiegten Tod noch vor sich haben. So werden die unsterblichen Werke von ihren sterblichen Schöpfern wieder ans Leben verraten. Sie gleichen den herrlich ausgemalten Gräbern in den etruskischen Totenstädten: von ihren Bewohnern im Stich gelassene Gehäuse, fremder Neugier zur Besichtigung preisgegeben.

Adorno

Vielleicht war es nur der Wohllaut des Namens Adorno, der mir die Kritische Theorie so plausibel machte, war es die Brunst der Sprache, die mich einstimmen ließ in den Chorgesang. Was mich verführte, seine Auferstehung herbeizuschreien, herbeizutanzen, war nichts als die Jugendschönheit des zerstückelten Leibes. Der Protest hat nur eine einzige Stimme, die hat alle Arien für sich. In den Pausen rezitiert die Vernunft ihre feingesponnenen Dialoge, wer hört da schon hin.

Vor aller Logik das Rankengesetz, gegen die Ratio des Haarschnitts der Schimmer des Vegetativen. Reizen hörig, nicht Argumenten, gefolgt dem Silbenfall von Entfremdung, Versöhnung, der Musik der Metaphern. Jetzt sind die Strophen verrauscht und die Gegenstrophen. Narziß ist ertrunken, wie recht ihm geschieht, und Orpheus geht verkniffenen Mundes in Trauer. Benjamin ist in den Pyrenäen verschollen, die Leiche Adornos liegt unauffindbar in den Gletschern bei Sils. Man fand nur die Sandalen; sie sind im Nietzschehaus ausgestellt. Der Schwarm in alle Winde zerstoben, wohin bist du fortgegangen, Dionysos, deine Perücke sah ich im Schlamm, ich hob sie nicht auf.

Sils

Im Nietzschehaus in Sils habe ich öfters logiert, ohne daß ich Daten und Zahlen angeben könnte. Aber es war immer im August, wenn die eigentümliche Stille auf der Chasté ihre größte Dichte erreicht. Das *Edelweiß*, dessen Nähe mir erlaubte, von meinem Fenster in das gegenüberliegende Zimmer zu schauen, das immer unbewohnt blieb, bot damals einen verwahrlosten Anblick, während die *Alpenrose* auch noch in ihrem letzten Sommer den Eindruck behäbiger Noblesse machte. Jeden Morgen las ich, wenn im Haus noch alles schlief, in einem der beiden mit Autographen, bräunlichen Photographien und Erstausgaben bestückten Räume, die nur für zwei Vormittagsstunden und am späten Nachmittag zur Besichtigung freigegeben waren, in einem enzyklopädischen, sämtliche Gegenstände der europäischen Denkgeschichte, dieser hochfliegendsten und traurigsten aller Geschichten, resümierenden Werk und lief, wenn ich mein Pensum absolviert hatte, auf die Marmoré, deren Anstieg unmittelbar hinter dem Häuschen begann. Nach meiner Rückkehr war immer noch Zeit genug, den Frühstückstisch zu bestellen, um den wir uns, eine durch die glückliche Liebe zur Antike, die unglückliche Liebe zu Nietzsche verbundene Freundesrunde, versammelten, ehe wir uns an die selbstverordnete Arbeit machten, von deren Ergebnissen für die dringend notwendige Veränderung des Weltzustandes nicht das Geringste abhing. Da ich über kein Konto verfügte, auf dem ich den Erkenntnisgewinn, den unsere Beschäftigung mit den vor zweieinhalbtausend Jahren am östlichen Rand unseres sogenannten Kulturkreises im Tempel einer griechischen Göttin deponierten Rätselworten abwarf, hätte verbuchen können, sah ich ihn ohne Bedauern Nachmittag für Nachmittag, wenn wir sekundenlang im See oder im oberhalb von Maloja gelegenen Quellwasser des Inn untertauchten, wieder zerrinnen. Der Kustode während unseres ersten Aufenthaltes war ein Student aus Zürich, der sich in seinen freien Stunden dem Studium einer dickleibigen marxistischen Literaturgeschichte hingab und sich im Gespräch als sattelfester Dogmatiker erwies. Außerdem gehörte er den Gebirgsschützen seines Heimatlandes an und konnte uns bei der für den letzten Tag vorgesehenen Besteigung des Chapütschin als Führer dienen. Ein Schneefeld war zu überqueren und hätte unserem Griechischprofessor beinah das Schicksal des Empedokles beschert: den Sturz in die Unauffindbarkeit. Das Schneefeld, steil abschüssig und so gefährlich wie der Weg zum Sein des Parmenides, war als physikalisches Phänomen, nämlich als der Extremfall einer schiefen Ebene, durch und durch real. Aber der marxistische, in Brechts Lehrstücken bewanderte Kustode, vereitelte den tragischen Ausgang der Unternehmung.

Bellende Hunde

Hochgradige Geräuschempfindlichkeit ist eine Krankheit, gegen die kein Kraut gewachsen ist. Man kann wegschauen, aber nicht weghören. Sich die Ohren zuhalten hilft gegen Böllerschüsse und explodierende Feuerwerkskörper, nicht gegen das Kichern im Flur, das Hämmern des Nachbarn, das Klavier von nebenan. Wachs liegt jederzeit bereit, aber in den verstopften Gehörgängen dröhnt der eigene Herzschlag.

Kafka, mein Ohrenzwillingsbruder. Da flieht er vor dem Lärm spielender Kinder mit schmerzenden Schläfen durch Feld und Wald, *ganz hoffnungslos, nachteulenartig.* Wir sind immer auf der Flucht, werden in den verstecktesten Winkeln von unseren Verfolgern aufgestöbert. Türen fallen krachend ins Schloß, Schritte von Spätheimkehrern hallen auf steinernen Böden. Vor dem Fenster springt eine Motorsäge an, ein Trupp fröhlicher Männer in blauer Arbeitskleidung macht sich an den Alleebäumen zu schaffen. Ich winke meinen Todfeinden zu: Da seid ihr ja endlich. In Planá werden auf dem nahen Bahnhof fortwährend Stämme verladen, sie rollen über alle Trostmöglichkeiten hinweg. Gibs auf, gib dich auf.

Die nächtlings bellenden Hunde. Sie schlagen an, wenn eine Wagentür knallt, Schuhe im Kies knirschen, Stimmen sich endlose Abschiedsgrüße zurufen. Und wenn sie einmal geweckt sind, wollen sie sich nicht mehr beruhigen. Aber ich kenne auch das nachtlange Bellen des einen Hundes in ländlicher Abgeschiedenheit. Es ist durch keinen äußeren Reiz veranlaßt, es ist das Bellen an sich und als solches, das absolute Gebell. Es hat kein Warum und Wozu, fängt irgendwann an, hört irgendwann auf – an Punkten, die außerhalb meiner Zeitmessung liegen. Es ist die auf einen einzigen Laut fixierte Stimme der Kreatur, ihrer unheilbaren Einsamkeit. Im Sommer darauf kehre ich wieder. Nachts, in allen folgenden Nächten herrscht Totenstille. Der Hund ist verstummt. Er wurde überfahren oder erschossen. Mit einem Mal kommt es mir vor, als sei dieses Verstummen schon von allem Anfang an in seinem Bellen zu hören gewesen. Nie mehr werde ich den Tod aus der Kehle eines bellenden Hundes entfernen können, die tödliche Gewißheit, daß alles, was ich liebe, mit allen Tieren sterben muß.

Ankünfte

Ohne das gelegentliche Gefühl, angekommen zu sein, und zwar endgültig, hätte mein Leben keine Lichtpunkte zu verzeichnen. Der Ort, dem ich die ersten Glückserfahrungen dieser Art verdanke, war die Duschkabine im Badezimmer des elterlichen Hauses, wo das wohltemperierte Wasser nicht nur von oben, sondern auch von drei Seiten auf mich einstürzte. Ich hatte einen langen und beschwerlichen Weg zurückgelegt, möglicherweise eine Wüstenwanderung, und mit letzter Kraft die Badezimmertür erreicht und hinter mir verriegelt. Die Kleider abtun, endlich nackt sein dürfen, nichts als durstige, berührungssüchtige Haut. Die Duschkabine als Endstation, ich würde nie wieder eines dieser kratzenden Unterhemden anziehen müssen. Und nie wieder ein anderer sein.

Später dann die Liebe, von der ich nicht rede, weil sie eh jeder kennt. In der Lust des Geschlechts allerdings war keine Ankunft, nur Vorübergang, der bitterer schmeckte als Sperma und Blut. Landschaften aber, die immer enger werden, bis es nicht mehr weitergeht. Da war ich zuhaus. Und in mancher Musik, die vergessen ließ, daß sie ins Schweigen mündet, daß jeder Schmerz seinen Grund verliert, jedes Lachen noch vor der Morgenröte erlischt.

Lautlos

Ich schrie, mein Schrei durchdrang die Schallmauer und füllte den leeren Weltraum, wo kein Ohr war. Es wäre auch von der Gewalt meines Schreis sogleich taub geworden. Ich schickte dem Schrei einen zweiten nach, einen dritten, wie man Steine wirft in die von einem Steinwurf ins Wasser ausgelösten Kreise. Ich schrie mit geschlossenen Lippen auf belebten Straßen oder beim Wachliegen nachts, jederzeit und allerorten übte ich meine Kunst des lautlosen Schreiens, das – während ich vielleicht in entspannter Haltung, heiteren Gesichts einer eurer Reden, Vorstellungen, musikalischen Darbietungen folgte – meinem maßlosen Schmerz, meiner ohnmächtigen Wut diesen himmelstürmenden Ausdruck gab. Hatte ich ausgeschrien, war meine Verzweiflung weggeblasen. Aus Lichtjahrferne tönte ein Echo, das mich nicht berührte, was ging meine Qual von vorhin mich an, ich war ein unbeschriebenes Blatt, wiegte mich im Wind des Jetzt.

Letzter Ausflug mit der Mutter

Die Sommerferien meiner Geschwister waren zu Ende. Ich hatte keine Ferien mehr, war im Juli aus dem Nest gefallen, angetan mit meinem Abitur wie mit einem Gerät, dessen Flügel sich noch nicht recht entfalten wollten. Die Eltern begaben sich mit den schulpflichtigen Kindern, den glücklichen, in die Stadt; ich blieb allein auf dem Land zurück. Meine Flugkraft reichte einstweilen nur bis zum Hochsitz, von dem ich, wenn ich von dem Buch aufschaute, das aufgeschlagen auf meinen Knien lag, die große Waldlichtung überblicken konnte.

Septemberanfang, ein unzudringlich blauer Himmel spannte sich über den Tagen, Gedanken sammelten sich und zogen fort wie Vögel. Bald kam die Mutter wieder aus der Stadt. So vieles war liegengeblieben, das Haus mußte für den Winter hergerichtet werden. Wir sahen uns, wenn ich von meinem Hochsitz heimkehrte, abends bei Tisch. Ihr Vorschlag, mich auf einem geplanten Ausflug an den Tegernsee zu begleiten, stieß nur auf schwache Abwehr; schon fügte ich mich.

Frühaufsteher waren wir beide. Die vier Kilometer bis zur Bushaltestelle legten wir zu Fuß zurück. Ein Morgen wie von Mörike. Mutter und Sohn hüllten sich in Schweigen, im Nebel ruhte noch die Welt. Während der Fahrt fiel der Schleier, Wald und Wiesen erwachten, das Land der Seele, das ich seit Beginn der Pubertät den Blicken der Nächsten noch mehr entzogen hatte als denen der Fernerstehenden, tauchte auf, lag im unverstellten Morgenlicht.

Ich hatte die *Strahlungen* dabei, einen dicken, auf schlechtes Nachkriegspapier gedruckten Band, der auf grünem Leinen die goldenen, kunstvoll ineinandergeschlungenen Initialen seines Autors zeigte, und machte aus meiner Begeisterung keinen Hehl. Freimütig bekannte ich, was mir sonst der Mutter gegenüber nicht über die Lippen gekommen wäre: Auch ich gedächte, mein Leben als tagebuchwürdiges Kunstwerk zu gestalten.

Der Bus hielt, fuhr weiter; eine Menge lärmender Kinder war zugestiegen, erster Schultag, ich sah in erwartungsfrohe Gesichter, ehe der Schwarm an der nächsten Haltestelle zerstob. Annette Kolb residierte in Wildbad Kreuth im sogenannten Königshaus, sie hatte geschrieben, ein Besuch würde sie freuen. Die Mutter pflegte sich nicht anzusagen, das war Bürgersitte, die sie verachtete, man kam einfach, schaute herein. Mir war solche Ungeniertheit peinlich; aber war nicht in den *Strahlungen* viel von *désinvolture* die Rede; heute bot sich Gelegenheit dazu. Der Vormittag war noch jung. Wir stiegen aus, um unseren Weg zu Fuß fortzusetzen. Auf der Straße stand ein dünnes Männlein in Strickjacke mit silbernen münzengroßen Knöpfen, ein hellblaues Krawattl um den mageren Hals. Das ist der Kiem Pauli, rief die Mutter und ging auf ihn zu wie auf einen alten Bekannten. Er schüttelte ihr die Hand; sie sagte du zu ihm und fragte ihn nach dem Fräulein Kolb. Die Annette sei vorgestern in die Stadt zurückgekehrt, etwas früher als vorgesehen. Der Kiem Pauli machte ein trauriges Gesicht, der Besuch wäre ihr ja sicher sehr willkommen gewesen. Die Mutter ließ sich die Laune nicht verderben, und ich war erleichtert. Der standesgemäße Überfall würde unterbleiben, und ich würde am späten Nachmittag einer anderen Dichterin meine Aufwartung machen. Sie war in Bad Wiessee abgestiegen, um sich, wie sie geschrieben hatte, von ihrer laufenden Arbeit, aber auch von den seit einigen Monaten *nicht abreißenden äußeren Anforderungen und Verpflichtungen* zu erholen. Ich möge mich mit einer Postkarte anmelden – was ich beizeiten getan hatte. Mit ihren Büchern wußte ich nichts mehr anzufangen, aber sie war eine imposante Persönlichkeit und fand Gefallen an meinen Gedichten, die sie sich geduldig vorlesen ließ. Ich hatte sie in ihrem Haus in Starnberg besucht, in dessen oberem Stock sie hauste, löwenmutterartig, während unten ein Teil der Nachkommenschaft lebte. Die schwarzgekleidete, erschreckend verhärmt wirkende Frau, die mir öffnete, mußte die Tochter sein; einer der Enkel, erfuhr ich oben, nur wenig jünger als ich, war kürzlich an Leukämie gestorben. Im Hotel würde die Atmosphäre weniger drückend sein.

Einstweilen fuhr ich mit der Mutter nach Rottach zurück, wir kehrten in den kastanienkühlen Garten eines Gasthofs ein, wurden auf Schloß Ringberg von seinem herzoglichen Erbauer empfangen und setzten im Schiff über das blauseidene Wasser nach Wiessee über. Vor dem

Hotel Eden trennten wir uns. Die Dichterin hatte Weisung erteilt, mich in den Garten zu geleiten, wo sie mich erwartete, die Stirn mit der charakteristischen Beule von einem, wie mir vorkam, überdimensionalen Strohhut beschattet. Nach fünfviertel Stunden erschien, so war es ausgemacht, die Mutter, wie immer auf die Minute pünktlich. Der Abschied fiel knapp aus, der Bus würde nicht warten. Neben der unaufhebbar ihren Korbstuhl einnehmenden Schöpferin des *Wunschkinds* sah die Mutter überraschend jugendlich aus, eine *Wunschmutter,* die schätzungsweise ein noch sehr langes Leben vor sich hatte. Doch ich war mir sicher, daß wir nie wieder zu zweit ausfahren würden, daß sie mich zum letzten Mal von fremdem Terrain abgeholt hatte, um mich heimzubringen.

Lohengrins Wiederkehr

Wie jeden Abend saß man nach dem zeitigen Essen noch ein wenig vor dem Fernsehapparat, ehe die Eltern sich zurückzogen und ich in mein unter dem Dach gelegenes Zimmer ging. Ich hatte nicht auf den *Lohengrin* gewartet, aber da er nun einmal auf dem Bildschirm erschien – der erste Akt war schon bis zu Elsas Traumerzählung fortgeschritten – beschloß ich, mich dem in Jugendtagen vergötterten Werk wenigstens eine Weile zuzuwenden. Die Mutter, die sich aus Wagner nicht viel machte, schrieb an einem Brief, der sehr alte Vater saß hinter mir in dem Lehnstuhl, wo er immer saß, und las in einem der Heimatromane, die sich auf dem Fensterbrett stapelten. Seit Jahren las er, wenn er nicht über der Steuererklärung brütete, Versandhaus-Kataloge studierte oder die Familiengeschichte auf Karteikarten verzettelte, nur noch diese Groschenhefte, nicht ohne sie mit knapp zusammenfassenden Bleistifturteilen zu versehen, die der Orientierung seiner Frau dienen sollten. Diese zog freilich der Lektüre der *Nacht in der Klamm* oder des *Teufelsweibs vom Grenzgasthaus* Bücher vor, die ihr der Sohn auf den Nachttisch legte: die *Ansichten eines Clowns*, den *Stellvertreter*, den *Homo faber*.

Flimmernde Geigen kündigten die Epiphanie des Schwanenritters an. Der Vater hatte, wie ich mit einem raschen Blick nach hinten feststellte, das Heft beiseitegelegt und sich dem Bühnengeschehen zugewandt; das unbegreiflich hohe Wunder hatte seine Wirkung nicht verfehlt. Ich blieb unberührt. Das war doch teils Märchentheater für Kinder, teils läppische Ritterromantik von der Art, wie der kleine Moritz des neunzehnten Jahrhunderts sich das Mittelalter ausmalte. Nun auch noch das dreimal, beim dritten Mal um einen halben Ton höher gesungene Frageverbot, das längst die Spatzen von den Dächern pfiffen – und, wie ich in meinem Rücken vernahm, auch der Vater mitsummte.

Mich streifte die Erinnerung an seinen einst kräftigen Bariton, an Löwe-Balladen und Lortzing-Arien, die dazu gedient hatten, dem frisch mutierten Sohn die einzig wahre Technik des Gesangs zu demonstrieren: Im Bauch, nicht in der Kehle hat die Stimme ihren Sitz! Der Vater war in jungen Jahren sogar in Bayreuth gewesen, hatte Schorr als Wotan, Melchior als Siegfried gehört, und die blutjunge Erna Berger hatte ein Blumenmädchen im *Parsifal* gesungen.

Besiegt war Telramund, sein Ruhm und Ehr' war hin. Eine Pause trat ein, in der ein ahnungsloser Sprecher sich anschickte, den Inhalt des zweiten Akts zu erzählen. Ich erhob mich, wünschte den Eltern eine gute Nacht, wobei mir unwillkürlich die Betonung der Nacht zur Absage an diese ganze Opernwelt geriet. Willst du den *Lohengrin* denn nicht zu Ende sehen?, fragte der Vater überrascht. Du warst doch immer ein Wagnerliebhaber. Ich müsse noch arbeiten, erklärte ich kurzangebunden, und die

Eltern würden nach ihrer Gewohnheit ja gleich zu Bett gehen.

Sie waren erst gegen Mitternacht zu Bett gegangen, hatten der Aufführung bis zum *Ach!* und *Weh!* des Schlusses beigewohnt, auch die Mutter hatte sich nach und nach in ihren Bann ziehen lassen. Beim Frühstück fragte mich der Vater nach dem Textbuch. Ich fand es ein paar Monate später unter den Sachen, die der Todkranke in die Klinik mitgenommen hatte. Der Strahl aus einer versunkenen höheren Welt hatte ihn getroffen.

Fort, nur fort

Zu gern wäre sie noch geblieben, aber sie müsse jetzt gehen. Sie erhob sich aus dem Stuhl, in dem sie ihre späten Tage verbrachte, so liebenswürdig lächelnd, wie die in frühen Tagen ihr anerzogene Höflichkeit es gebot, so energisch der Tür zustrebend, wie der unhörbare Ruf, der ihr Ohr traf, keine Widerrede duldete. Fünf Minuten, sagte ich, sind noch drin, die kannst du dir und mir noch gönnen. Das wollte ich dir unbedingt zeigen. Ich griff nach der Fernsehzeitung, die hinter mir auf dem Tisch lag, und streckte ihr das nächstbeste Bild entgegen: Wie findest du das? Es galt, die wenigen Minuten zu überbrücken, bis das Wohin ihres Fortgehenwollens wie eine Wolke zergangen, der Drang zum Aufbruch weggeblasen sein würde. Aber die Ablenkung durch das Bild erwies sich als zu schwach. Interessant, sagte sie im Konversationston, ich werde es mir demnächst zu Gemüte führen, nur jetzt nicht. Ich bin doch nur auf einen Sprung hereingekommen und habe mich viel zu lange verweilt. Es ist höchste Zeit. Verstehst du, höchste Eisenbahn, um nicht zu sagen: höchste Eisenbiene. Das war der Versuch, mich honigsüß zu stimmen, wurde doch jede Bahn bei mir zur Biene, die Straßenbahn zur Straßenbiene, die U-Bahn zur U-Biene. Ich fahr dich, sagte ich, wir können uns also Zeit lassen. Wie lieb von dir. Nur ihre Lippen hielten die Höflichkeitsmaske noch fest, während mir aus ihren Augen die blanke Angst entgegensprang. Wie lieb von dir, wiederholte sie, aber ich muß nach Hause, nach Hause, ich habe vergessen, die Tür abzusperren, das Silber steht in der Küche, sticht dem Vagabunden ins Aug. Der Vagabund, erwiderte ich, hat es auf dein Silber nicht abgesehen, außerdem habe ich eigenhändig die Tür verriegelt, überzeuge dich, ich bringe dich hin. Ihre Stimme wurde scharf. Von welcher Tür sprichst du, wir sind doch hier bei wildfremden Leuten, laß mich jetzt endlich gehen. Sie würde, wußte ich, nach ein paar Schritten, vom Schwindel überwältigt, zu Boden sinken. Ich drängte sie sanft zurück in die Richtung des Stuhls. Sie leistete Widerstand, unser Zusammensein war im Begriff, in ein Handgemenge überzugehen. Ich will raus hier, schrie sie, raus hier, raus hier. Ihr Schrei erstickte in wehrlosem Schluchzen. Die Mitleidswoge faßte mich, zog mir den Boden unter den Füßen weg, wir fielen beide auf den Sessel. Im Fallen nahm ich wahr, daß wir in einem unbekannten Zimmer waren, in einem verlassenen Haus, an einem anderen Ort.

Schulhof

Rückkehr, nur einmal noch, in den Schulhof, gleich in den ersten Tagen des neuen Schuljahrs. Das Gebäude zu betreten, in dem ich im Sommer meine Reifeprüfung absolviert hatte, wäre mir nicht eingefallen – es sei denn im Traum. Den Zutritt zum Hof bildete der schmale Zwischenraum zwischen der Eingangsfassade des Gymnasiums und der Theologischen Hochschule mit ihrer Sternwarte. Unter einem in mäßiger Höhe angebrachten Verbindungsgang zwischen den beiden Häusern schritt man wie durch ein Tor. Die Schüler füllten den durch einen Querbau in einen vorderen und hinteren Teil gegliederten Hof, ich kannte viele von denen, die in der Klasse unter mir gewesen waren; sie zu begrüßen, war ich gekommen. Erste Pause, noch war der Tag jung, der Schultag, der Lebenstag, noch war nicht alles verloren. Ich sah hinauf zum blauen kühlen Septemberhimmel, das tat sonst keiner, weil sie alle miteinander oder mit sich selbst beschäftigt waren. Manch einer steckte die Nase in sein Physik-, sein Griechischbuch, um sich auf die kommende Stunde vorzubereiten. Wie unnötig. Die aufsichtführenden Lehrer zogen ihre Bahn, ich vermied es, von ihnen gesehen zu werden, was hatte ich hier auch zu suchen. Die Ahnungslosen bildeten sich ein, alles sei beim alten geblieben, als ob ihre Mission sich mit meinem Weggehen nicht endgültig erledigt hätte. Sie hatten ihr Daseinsrecht verwirkt, mein Abitur nur zum Schein überlebt, abgedankte Herrscher, Todgeweihte, die besser daran getan hätten, sich in die Zellen des längst ausgestorbenen Dominikanerklosters zurückzuziehen, das den Schulhof im Osten begrenzte. Die Schüler freilich würde es immer geben, der Unterricht fand nur um der Pausen willen statt, in denen das Eigentliche geschah: Freundschaft und Liebe, Eifersucht und Verrat, Streit und Kampf und Versöhnung. Wo das Leben ertönte, der vielstimmige Schrei der Lust, im Morgenlicht dazusein.

Im Rückspiegel

Der Kleine auf seinem Fahrrad stellt sich, als ich im Auto den Berg herunterkomme, quer, versperrt mir, wie das Söhne immer tun, den Weg, weicht zurück, weil ich es wieder einmal verdammt eilig habe und nicht anhalten mag, sein Bild im Rückspiegel nimmt die Verfolgung auf, einen Augenblick scheint es, er würde mich einholen, ich beschleunige, er bleibt zurück, winkt, wird winzig, es sieht aus, als würde er mit Sturmgeschwindigkeit nach hinten gerissen, während ich am Fleck verharre. Ich kehre der Zukunft den Rücken, entferne mich in eine unerreichbare Vergangenheit.

Inhalt

www.langewiesche-brandt.de
Umschlagzeichnung von Horst Haubner (1941–1985)
Satz: Greiner & Reichel, Köln
Druck: MB Verlagsdruck, Schrobenhausen
Bindearbeiten: Friedrich Pustet, Regensburg
Papier: Alster Werkdruck von Ernst A. Geese, Hamburg
ISBN 3-7846-0183-9. Printed in Germany